請來到我的身邊，
讓我為你譜曲。

世界因你而美好

帕子媽寫給毛孩子的小情書

帕子媽 —— 著

I was Born to Love You.

以愛之名，請來到我的身邊，讓我為你譜曲。
請來到我的歌聲裡，讓我為你輕唱苦難和欣喜。
請到我的懷裡，讓我愛你。

自序

兩歲多的姪子有一天突然問我：「大姑姑，妳的工作是什麼？」我當下被他問倒。「對啊，我是做什麼的？」我也一邊問自己。該怎麼解釋，讓兩歲多的小朋友能夠理解呢？又或是我根本沒思考過這個問題？我很愚蠢地回答他：「保護小動物的。」得到答案的他，繼續蹦蹦跳跳著。而我則陷入了思考，為什麼小動物需要被保護？

如果這個世界的運行以自然為主軸，而不是以人類為主軸，那是否就是我所嚮往的應許之地呢？如果我失去人類語言和文字這樣基本的能力，我又會如何表達自己？智慧有許多種，我更相信我們都有選擇。選擇用一樣的眼睛，但是不一樣的眼光；選擇用一樣跳動的心，尊重不同的節拍；選擇用一樣的愛，去同理心萬物生靈的天性；選擇用一樣的生命，看見不一樣的風景。

天地為家，若非人類壓迫，何來流浪之說？何來保護之說？萬物都是自由的，如果少了心中的柔美；如果少了善念與實踐；如果少了對大自然的尊敬，那麼對我來說，再多的科技或是能力，都與智慧相差甚遠。

我相信我們都有選擇的，能選擇不愛，也能選擇不去傷害，只要我們願意。

再次提筆，因為我想透過曾經被愛的眼睛，說出不曾被說出的話語，替他們寫下不曾被寫下的文字，使其成為留在你心裡的，最美好的情感。

帕子媽

推薦序

——學習愛

身為一個國際NGO工作者，我知道自己是一個環境運動的堅定支持者，認識我的人都知道我對於動物的愛，相信動物權，反對動物表演，反對魯莽愚昧的放生活動，反對動物騎乘，我加入鼓吹TNR的行列，隨時把「領養代替購買」掛在嘴上，只要有機會，我就會表達對於加拿大禁止寵物店販售寵物政策的敬意，我甚至寫了一本書叫作《愛犬》，表達我對於萬物生命公平對待的信念。

這樣的信念，其實來自於少年時期我最愛的一本冷門書《列子》。其中一個「獻鳩放生」的故事，也建立了我對動物生命的看法。這個短短的故事在《列子・說符》篇中是這樣說的：邯鄲之民，以正月元旦獻鳩於簡子，簡子大悅，厚賞之。客問其故，簡子曰：「正旦放生，示有恩也。」客曰：「民知君之欲放之，故競而捕之，死者眾矣。君如欲生之，不若禁民勿捕。捕而放之，恩過不相補矣。」簡子曰：「然。」翻譯成白話文，就是說每逢正月初一，邯鄲一帶的老百姓都要成群結隊去山野裏，捕捉許多斑鳩，送到趙簡子的府第上。趙簡子看著一籠籠活蹦亂跳的斑鳩，非常高興，命人取出金銀，厚厚賞賜給每一個獻斑鳩的人。有個簡子家的食客，見了很奇怪，問簡子要這些斑鳩幹什麼。簡子回答說：「你難道不知道嗎？每一顆小生命都是寶貴的啊！正月初一這天，我要放生，表示我對生靈的愛護。」

食客人聽完，噗哧一聲笑了，說：「這就是愛護生靈的辦法嗎？老百姓知道您要放生，獻鳩能得到厚賞。大家都爭先恐後去捕捉斑鳩，下鐵夾的下鐵夾，用箭射的用箭射，活捉的固然不少，打死的也一定很多。您如果真的可憐這些小生命，還不如下個通令，禁止捕捉斑鳩。不然的話，抓了又放，您的恩德還抵不上您的罪過哩！」簡子聽了，紅著臉點頭稱是。

我還記得當時，雖然幼稚的腦子裡覺得把「放生」與「行善」連在一起怪怪的，但是這個故事解開了我的疑問，當時心裡的暢快難以形容。

所以無論在哪一個城市生活、旅遊，無論時間長短，我都會加入在地的動物保護團體，或是擔任中途志工，國際領養的運送，或是每日早晚一起去固定地點餵食街貓、街狗，贊助飼料的費用，也長期用我有限的力量贊助流浪動物的絕育手術，或是術後照顧，即使我不需要自己擁有寵物，我也能夠用行動來支持我的信念。

少年時期閱讀印度聖雄甘地的一段話，至今我仍深信不疑：「一個國家道德進步與偉大程度，可用他們對待動物的方式衡量。」同時我也對這些得到照顧的動物充滿感謝，謝謝他們讓我可以過著一個對於生命保持信念的人生，在ＮＧＯ的道路上繼續堅持向前。很開心能夠受到帕子媽的邀請，推薦這本書，知道有人在地球的另一個角落，一樣為動物們發聲，一樣為動物們努力，心裡真的非常溫暖。

ＮＧＯ工作者—褚士瑩

目錄

CHAPTER5.
天地之間

CHAPTER6.
別怕，我們是來愛你的

CHAPTER7.
帕子媽愛的手繪

CHAPTER 1

相遇

每個生命都是奇蹟

並不算時常遇見他。
他天生骨架小，
比其他同區的貓咪們矮了些，
他的聲音就像他的身材一樣稚嫩，
眼神卻總是誠懇。
不愛吃罐頭的孩子，乞食的是乾糧，
雖就在便利商店門前，
人潮往來，乾糧卻難求。
昨天正好看見他被人踢了一腳，
趕快蹲下來安撫受驚嚇的他。

外面的孩子，
親近人、相信人，是多危險的一件事。
人類要傷害另一個生靈總是不加思索。
都忘了我們若是赤身裸體，
沒有語言、手無寸鐵，
在大自然中絕對沒有他們的能耐。
如果可以，
請在所有的生命前學習謙和。

城市之中，你最美

奇怪的是，
我完全了解你的寂寞。
在險惡中求生，獲得短暫的安全。
你的眼神是這樣憂傷。
自由，是拿生命冒險換來的。
如果可以，
你是否願意失去自由呢？
我想告訴你，我知道你寂寞。
也想告訴你，
醜陋骯髒的街道，
只有你是美景。

下班需要買菜的太太

這位媽媽我們巧遇過好幾次，
她每次都是買雞腿，
每次都沒帶錢包！

近看呢，其實是個看不開的鬥雞眼 >..<
交代店員她的帳可以先記在牆壁上，
我們會去結帳的。

暗夜中的戀人絮語

相片裡有一隻黑貓，
我第一次遇見他的時候，
他全身是傷。

不記得是怎麼開始的，
我和他約定了每天見面。
沒有任何肢體的碰觸，
我們在黑暗中彼此呼喚。

總是深夜，總是倉促，
隔著欄杆，一天一個罐頭，
就這樣過了四百多天。

他第一次磨蹭我的腳，
我忘了呼吸。
他的毛是那樣粗糙，
聲音卻是那樣溫柔，
完全信任地把重量放在我的腳上，
我們就這樣在暗夜中相愛。

明天見，親愛的孩子。
一直一直，明天見。

乾媽想你們了

有段時間，我的心覺得困惑。
學霹靂貓拿出寶劍，
往天空發射出求救信號。
認養家長們，就傳來孩子們的照片，
和溫柔的話語。
我看著他們的照片，
一邊微笑一邊流淚。

曾經我是你們的港灣、你們的後盾，
現在你們是乾媽最大的力量。
你們，就是我的初心。

愛的力量與瘋狂

任何形式的愛，
最困難的都是放手。
無論是被迫、或是選擇，
或堅信著以愛為名的安排。

愛是一個總合，
但構成的東西卻是那麼多，
在不完美的世界中找尋完美，
是種力量，也是種瘋狂。

全世界最美好的聲音

那天在遮雨棚救援的孩子，
在連續幾天的親人訓練後，
終於願意相信我了。

今天他第一次在我懷裡呼嚕，
我紅了眼眶。
把他貼近我的胸口，
這真的是全世界最美好的聲音。

我們的手術室

手術室裡有一個特殊的氛圍。
滅菌鍋的氣味，
生理監控機的滴滴聲，
孩子呼吸的時候，
一個綠色的氣球袋跟著脹起又縮小……

每一聲滴滴，
都是孩子的心跳，
保溫墊水流循環像小溪。

每一場手術前的準備工作都很標準繁複。

蓋上滅菌布的那刻開始，
手術室彷彿和外界隔離，
沒有時間，沒有週末，
只有我們和孩子。

其實，一直到現在，
我看到黃醫師戴上手術帽、戴上口罩，
和那個我練習多次，
該怎麼戴才正確的無菌手套，
我心中都還是會激動地想哭。

這間手術室裡有太多的故事，
有太多的孩子在這裡重新來過。

我們曾經在這裡歡呼，
曾經在這裡流淚，
願上帝與我的孩子們同行，
每一次的甦醒，都是恩典。

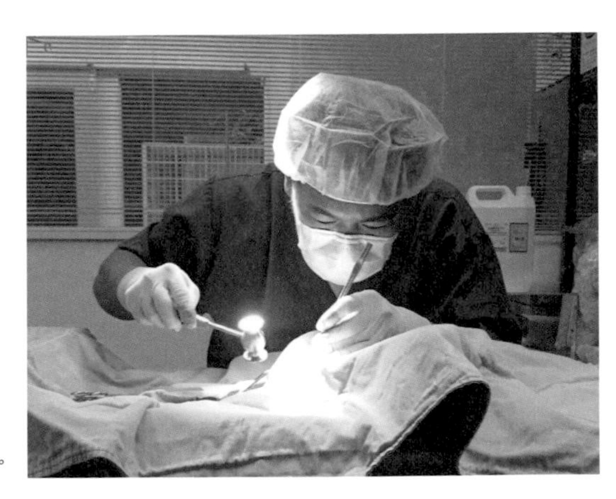

每一聲滴滴，
都是孩子的心跳。

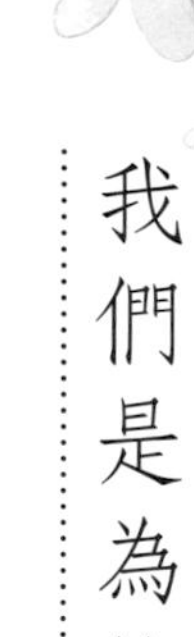

我們是為妳而來

四年前的半夜，在回家路上遇見妳，
妳癱在水溝旁，
蚊蟲蒼蠅，
在妳和旁邊的那堆垃圾飛來飛去。

狀況那樣糟，眼神那樣絕望。
抱起妳，我們馬上又回診所。

我清楚地記得，
妳吃了黃醫師的麥克雞塊。
每天妳都進步一些，

愛吃，一點一點地長胖，
開始撒嬌。

但是在我們相遇的第十四天，
妳心肺衰竭離開。

我不知道那天，有多少人看到妳，
卻視而不見……
我不知道那天，妳等了多久，
沒有一點力氣地任蚊蟲叮咬，
任螞蟻在妳臉上爬。

我們是為妳而來，
那十四天的我，
和後來每一天的我都明白。

我只是沒帶湯匙而已

這間廟，小時候父親常帶我經過，
那時的我身高不到一百公分，
小手抬高和父親緊牽著。
那時的廟很新，
在我眼裡，它大得像城堡，金碧輝煌。

多年之後再經過，
我很難相信這是同一個地方，
我蹲下，找尋著小時候的視角。
而現在，無論我是站著或是蹲著，
看到的都是在這裡出沒的貓。

有些在石獅子上臥坐休息，
有些在老舊的簷上，
靜默地看著人潮。

有些趴在樓梯，
對於蟑螂和觀光客，
他們都已經不覺得稀奇。

經過的時候我會餵餵他們，
吃慣了夜市的東西，
我想我的罐頭屬於清淡口味。

那天餵食，忘了帶湯匙，
我用罐頭的蓋子挖著，
見過世面的他們居然彼此竊竊私語，
大約是討論我的動作蠢笨，
我只能尷尬地道歉，
並且告訴他們：
我不是新手，只是沒帶湯匙。

最美的時刻

無主孩子入院的時候，
多半是受盡苦楚。
他們的無助和被動，
並不是我們能夠想像。

這個孩子在野外出生，
好不容易開眼長大，
餐風露宿地生活，
然後出了一場車禍，
雙腳及骨盆都骨折。
他這樣躺在路邊無法動彈不知道多久，

那段時間過往的車子和成群的狗，
都有可能要了他的命。

然後，他被通報捕進了收容所。

在那也許千分之一的可能，
他被一位小姐看見，
將他從收容所保出來，
一路從宜蘭來到了淡水，
開始了辛苦的醫療和復健。
歷經了兩次手術，

他再來要面對的是術後的癒合及疼痛。
在這之間，
他也一邊學著被愛及去愛。

第二次的手術順利結束時，
我疲倦不堪地趴在他的身邊，
但是我的心情很激動。

因為這是孩子一生裡重要的時刻，
如冬日暖陽，
而我們有幸相陪。

再難再累，
這就是最美的時刻。

月光

閉上眼睛，我想像著，
在沒有語言的世界，
我和一隻貓相擁起舞。
因為我沒有張開眼睛，
所以我不知道他的花色，
因為他從不用眼睛批判我，
所以我無所隱藏。

地心引力變小，
在“Clair de Lune”的音樂裡，
我們好接近天空，我們鼻子互相磨蹭，
時快時慢的我們，
劃著大步小步的圓圈圈。

我的手在鍵盤上，力道、擺動和速度，
彷彿我也在彈著這首極美妙的樂曲。

「我相信一片樹葉，不亞於眾星的旅程。」詩人惠特曼（Whitman）曾經這樣說過。
如果有機會，戴上耳機，閉上眼睛，
你可以旅行到任何一個你想去的地方。

好好睡吧！孩子

不管我的一天是忙還是累。
晚上抱著你們，
親吻頭頂也好，
磨著下巴也好，
直到你們睡著在我胸口，
一切紛擾都靜止。

再睡一會兒好嗎？
我總是這樣捨不得地問你們。
過去也許不堪，未來也許不清楚。

但是現在我聽到我的心跳，
就像我聽到你們的一樣。

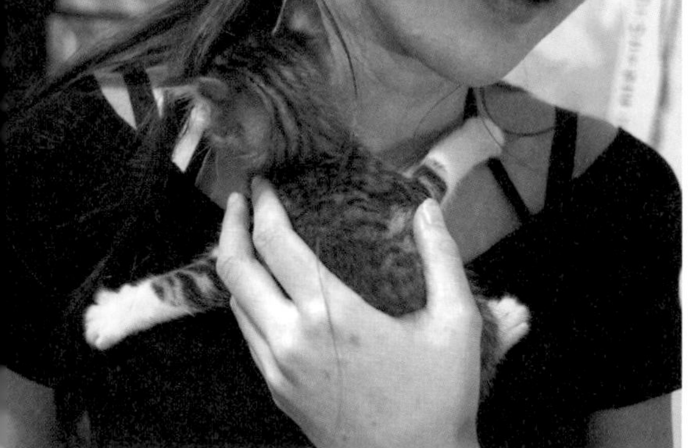

餐車阿姨，溫柔的月娘

晚上的門診我們破例休診。
載著滿滿一車大家認購的罐頭，
因為我們想親自送去兩個比較遠的獨立志工餵養區。

微涼的夜，
一盞盞錯身而過的路燈，
我們身負重任地找著路。

在那許多不為人知的巷弄，
無論平日或節慶，
餐車阿姨們堅定守護著。
守護著小小的生命，
捍衛著僅存的美好。

要感謝的人很多，
謝謝你們給我機會和時間，
去看看這些動人的角落。

謝謝每一位在前線的你們，
你們是光、是愛、是溫柔的月娘。

雨夜裡的那個孩子

忽大忽小的雨，診所忙碌但是安靜。
一位警察先生走進來，
無線電的聲音說著我聽不懂的通報。
警察先生著制服一身濕，
他說有一隻狗出車禍，現在在警車裡，
他想幫他掃晶片。
我帶著一條毛巾，
從警車裡抱出變形的孩子，
二十幾公斤吧。

孩子也是一身濕漉，
我輕輕地試著把他折正，
這時候他吐出了最後一口氣。
開始掃晶片，晶片機沒有發出聲音。
我和警察先生說：「沒有晶片。」
他拿出自己的錢包說：
「可以幫他請禮儀公司嗎？」
我抬起頭跟他說：
「謝謝你送孩子來，後面我們來吧！」

警察先生濕透又失望的身影，
跟著無線電尖銳的聲音，
離開了診所。

孩子，
對不起，
謝謝你。

CHAPTER 2

約定

不管羞告還是阿泰，都甜美

被電梯夾住的你，才四百公克。
比我的手掌大不了多少。
我們都以為你會截肢。
這樣歪七扭八又拖了幾天的傷，
你怎麼受得了？

怕感染一發不可收拾，每天都得清創，
但是不能每天鎮定已經營養不良的你，
所以每一次的清創，
都是水裡來火裡去的痛。

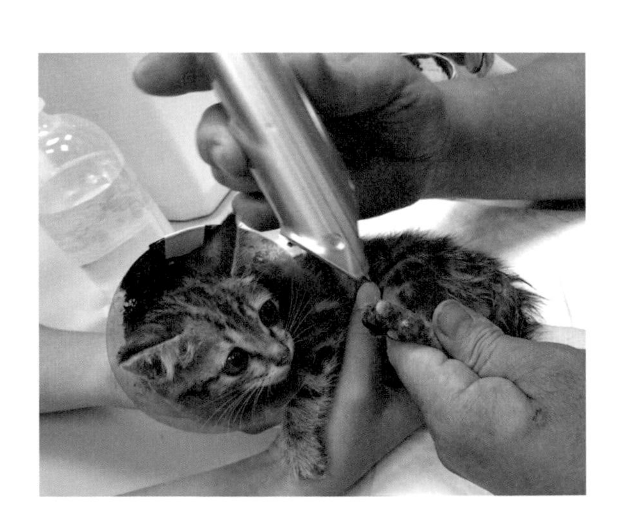

你像寶寶一樣大哭，哭得我心慌。
每次都幫你設計不一樣的包紮，
因為那是我唯一能夠分心的事。

我叫你「羞告」，是熱狗的意思。

在你整個療程紀錄中，
有一個人一直偷偷地關注著你，
她就是你現在的媽媽。

她欣賞你不服輸的個性，深深地感動，
當然還被你那可愛的小臉騙去了感情。

阿泰，她這樣叫你。
「否極泰來」，她說。

阿泰雙腳因為被電梯夾住，
一隻腳是扁的，另一隻腳骨外露。
清創和調養身體準備手術的那段時間，
每天都很折磨，
當下覺得這關好苦。

手術中間可能遇到的任何複雜性，
當下覺得這步好險峻。

手術平安結束後，術後癒合修復，
當下又覺得這步好關鍵。

當孩子終於柳暗花明，準備送養，
又覺得這步走得如履薄冰，
每次檢查都是屏氣凝神。

每個孩子和每個中途都是這樣的。
覓得一個好的認養家庭，
不是僥倖，
孩子們都是那樣努力。

而我們的工作，
只是讓人看見孩子們的努力。

那一天阿泰回來看乾媽，
他已經是個大孩子了。

擁抱阿泰，曾經那樣沉重。
如今，這樣的心情多麼甜美。

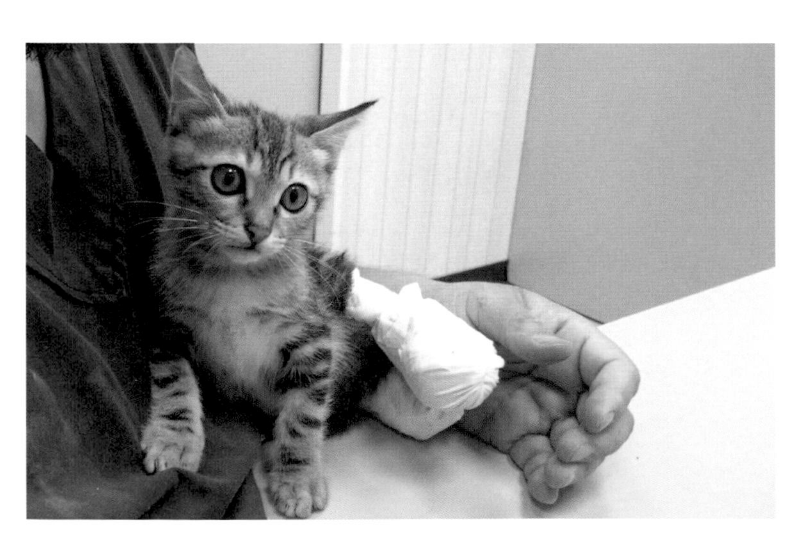

哈密瓜，不只是一隻貓

一天晚上，
家長急匆匆地提著保麗龍箱趕到診所。
他的孩子需要輸血，
箱子裡是好多錢去買來的血。

我走去便利商店，
幫家長買了飲料和一些點心。
因為我知道他為了孩子已經奔波了整天，
應該餓著肚子。
他就這樣坐著陪伴孩子，
我們陪伴他們，到凌晨兩點多。

醫療是有限的，
但是家長的愛是無限。
這樣的陪伴，
是無價。
這樣的疼愛，
是極珍貴的。

看盡黑暗的我們，轉身擁抱光明，
就算深知黑暗永遠都在，
我們也多了些些勇氣。

這孩子叫作哈密瓜。
哈密瓜被認養的時候是兩歲，
她和爸爸相依十年。
爸爸無微不至地照顧病重的密瓜，
可是道別就在不遠的地方，
時間，太短，
說再見，太難。

密瓜的眼神總是溫柔豁達，
討論病情的門診中，
密瓜爸爸拿下眼鏡用手臂擦淚。

說不完整的句子，
我知道他想問，
哈密瓜會不會很辛苦。

我緊急請求捐血支援，
有朋友馬上就到，
有朋友叫了計程車就出發，
有兩家的朋友預備著等通知，
已經休假的鳥鳥也進來幫忙。

但是，
哈密瓜自己在攻擊自己的紅血球。

生有時，別有時，
這一晚的哈密瓜不孤單。
哈密瓜，你不只是一隻貓，
如果可以，
請你多陪爸爸一天，
因為他會很想很想你。

抱著密瓜回家的爸爸，
大包小包，看起來很勇敢。
到離別之前，不能不勇敢。

大男孩的茶葉蛋

昨天在忙碌的門診中，來了個大男孩，
手上提著一個打了好多小洞的塑膠盒。

盒子好小，像個雙層的便當盒。
裡面是一隻未開眼的小貓咪。

男孩背著一個大包包，
害羞地問我：「我在奶一隻小貓，可是
他都沒有便便。」

我穿上戰袍（法蘭絨的奶貓圍裙）

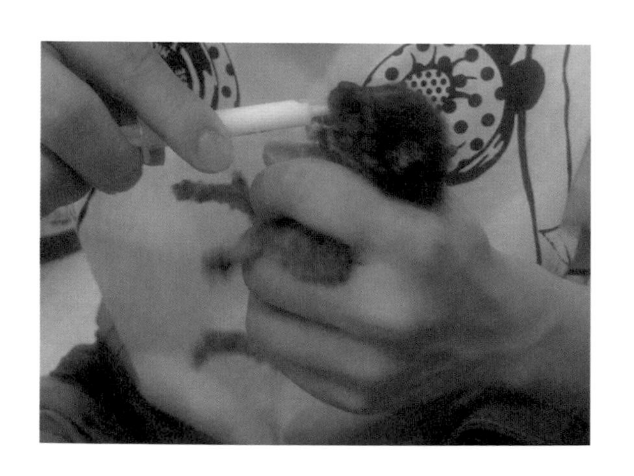

開始幫孩子搔屁屁，

一下子就上了大小便。

男孩開始說起他照顧的方式，一邊從大包包裡拿出奶粉、奶瓶、針筒等用品。

孩子有些脫水，

我們兩個開始泡奶，

一邊交流各項照顧的細節，

扭動不停的孩子顯然肚子很餓。

男孩說：「我有發現要這樣固定他的手」

我眼裡滿是笑意地看他餵完3cc。

然後我嘗試了幾個不同的姿勢，

找到了小貓咪最喜歡的喝奶姿勢。

趴在我的胸前，

兩隻手會自己抱住針筒。

喝得啾啾~嘖嘖嘖~

一下子就喝了10cc！

大男孩眉開眼笑，像是得到祕笈，

過去的幾天辛苦卡關，瞬間破關那樣。

大男孩說孩子取名叫作茶葉蛋，還說：

「茶葉蛋很乖，會自己睡過夜。」

我把戰袍穿到大男孩的身上。

跟他說：「這件借你，看電視或是用電腦的時候，可以把茶葉蛋放在身上，等他畢業了再還給我。」

茶葉蛋很幸運，
大男孩雖然從沒奶過貓，
但是對於這個天降的課題，
他沒有視而不見或是委於他人。

他學習餵奶催尿，
實踐珍惜生命。

看著穿圍巾的男孩和茶葉蛋，
我很感動，
覺得貓咪絕對是世界美好的要素。
也恭喜男孩，
我相信你已經成為更好的人。

茶葉蛋今天在來診所的路上開了小眼睛，
小暖男那感動又驚喜的笑容，
和茶葉蛋的眼睛一樣，
像黑夜中的小星星。

那個小黃離開的耶誕節

十年，三千六百多個日子。
愛媽喚妳小黃，那時妳們都還那樣年輕。
和哥哥一起被棄養，
他被毒死，妳活了下來。

過去的十年妳們彼此等候，
妳不是愛媽唯一的孩子，
但是她愛妳，就像是唯一。
十年，妳每個日夜都在同個地方等愛媽，
只有一次過年，
害怕鞭炮聲的妳，失約了六天。

愛媽日夜擔心已經年邁的妳因為反應慢，
在馬路上出意外。
雖然整個山頭地餵養著，
只花了兩天，她就發現妳有異樣。

入院後診斷出脾臟腫瘤，
妳的手術驚險卻順利地讓人驚喜。
妳的出院時間因為天冷加上要回去路邊，
我們都不急，
天天吃好睡好，
可愛的個性和臉蛋好得人疼。

十二月的一個冬夜裡，
妳在睡夢中離開。

我從來沒遇過一個孩子，
走得這樣安詳。

小黃，愛媽很想妳，
縱然妳們連說再見的機會都沒有，
但是這樣的離開，是很大的福氣。
請妳化作天使，守護妳唯一的母親。
願妳們天家再見。

十二月，也迎來了聖誕節，
這一年，臉書上許多朋友，
因為愛相聚在凱道。

我為診所掛上了燈飾。
點亮的瞬間，
我心裡清楚知道，
我是為了什麼而點燈。
為了耶穌的誕生，
為了平權的樂曲，
為了逝去的生命。

一直到夜車手術進行到一半，
我開口問黃醫師：
「小黃我們個別火化好不好？」
他抬起頭說：
「我正在想一樣的事情，我們自己帶他
回汐止，回到他最喜歡的地方。」

忍了一天的眼淚突然滑落，
心上的那個不捨，酸極了。

這樣的眼淚，忍了太久。
為了每一個像小黃一樣的孩子而流，
為了每一個心是肉做的，卻必須像鐵打的愛媽而流。

唱起耶誕的歌曲，
也別忘記譜出生命平權的樂章。
在愛裡有淚水，也有盼望。

不良牛的二〇一二

記得那天，風雨好大。
斷了後腳的不良牛，坐在便利商店門口。
期待的眼神，畏縮的動作，
他多希望有人能夠買個吃的給他。

我幫他戴上一條嶄新的項圈，
心想也許能夠保護他不被人通報。
髒兮兮的他戴上新項圈看起來卻更可憐。
我上了車子卻狠不下心離開，
就這樣不良牛被我們帶回來接骨修養。

後來的不良牛，
是診所放牛班的班長。
智商偏低，我覺得他可能認得人。
非常固執，
已經走了一年多的樓梯還是會認錯。
常常要往別人家裡衝，而且不接受自己弄錯這件事。
打不得罵不得，也不可以對他跺腳，
不是每隻狗都合得來，
他還喜歡對小貓咪咆哮，
也會咬人。

不良牛要散步，吃飯，喝水，吃零食，
然後關燈睡覺。
如果沒有照著不良牛的希望，
他會叫到你聾掉。
因為他很自我，而且也不喜歡改變。

要打預防針的時候，他會和你拚命，
好像你要抓他去安樂死一樣。
不挑食，但是吃到羊肉或是冷的東西，
屁股會噴血。
不能顧門，因為他什麼東西都毫不考慮
地往嘴裡放，
一毒就死了。
很會吃，但是永遠吃不到可以捐血的標
準體重。

耳朵一個立一個不立，
但是沒差，不良牛什麼話都不想聽。
天不怕地不怕，
就怕打雷跟鞭炮。

大便的時候會兩隻後腳懸空，
這應該是唯一且無用的專長。
在單純的環境下，
耿直的不良牛也是會翻肚子的。
不良牛是特別的，
我想幫他找個家。

後記：其實我也是寫寫啦~相處了一年多的孩子，總是讓我哭笑不得。我知道很難找到會欣賞他的人，所以遲遲沒有寫過送養文；但那天我妹說，一定還是會有適合他的家庭，我就鼓起勇氣來寫一篇了。每天網路上的送養文這麼多，可愛的、可憐的、聰明的、乖巧的，看完這篇還願意幫不良牛分享的大家我先說謝謝了！晚點再來去跟不良牛說他被轉分享了幾次，我想他會很開心的！

好起來，你辛苦了

繁殖場購買強迫提前斷奶的小孩，
驗出強陽性犬小病毒腸炎，
從高雄貨運上台北病得一蹋糊塗。

繁殖場業者強勢要求不退費不負擔醫療，
明天準備北上一隻換一隻。
買家（家長）今晚和我電聯兩次，
直接到診所來和我溝通。

他問我，繁殖業者帶他回去是不是會給
他最好的醫療？

孩子到他身邊才一天就住院了，
他說他也掙扎了一整天，
希望聽聽我的意見。

我先問他，怎麼會來我們這裡？
他說，網路上介紹的。

我說，那你應該知道我們診所的體質和
別的診所不同。

他說，他知道。

我向他表明我的立場。
一個未斷奶的孩子孤獨地被送到台北。
到了他身邊，也進到了四季。
我不可能眼睜睜地看他被銷毀，
雖然犬小病毒腸炎的致死率極高，
但我們想救這個孩子的心意真實而迫切。

我希望他能站在孩子這邊，
無論如何，給他一個機會。

他說，
他叫孩子妞妞。
我說，
我們叫她「好起來」，
一個家長給了我肯定的眼神，
和昨天的茫然完全不同。
他說，那就努力救吧！
他不換狗。
另一個家長哭得唏哩嘩啦。

黃醫師傾全力給這孩子所有醫療的支持，
我會傾全心地陪伴和鼓勵他。
剩下的，
就要靠孩子自己的求生意志了。

好起來專屬抱抱衣

昨天答應好起來，
我要每天好好地抱著他。
但是診所的防護衣還沒到貨，
黃醫師對進出隔離病房的要求又很嚴格，
所以我就先去買了拋棄式的雨衣進去。
今天的好起來，
在我身上找到一個舒服的姿勢，
沉沉地睡著。

我心中一直禱告，
請垂聽我的祈禱，
萬物都是那樣地珍貴。
請垂聽我的祈禱，
帶領孩子走過幽谷迎向寬闊美好。

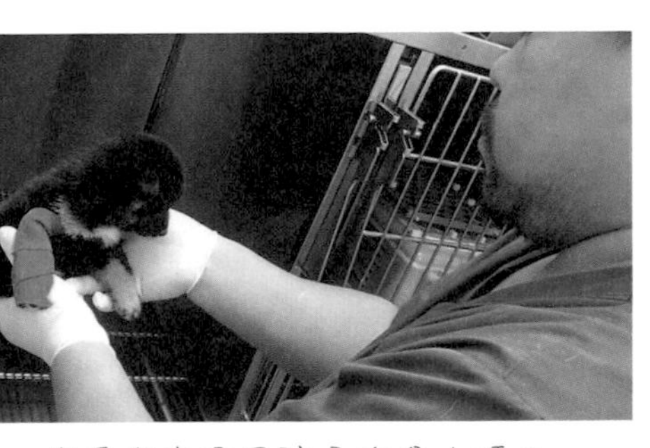

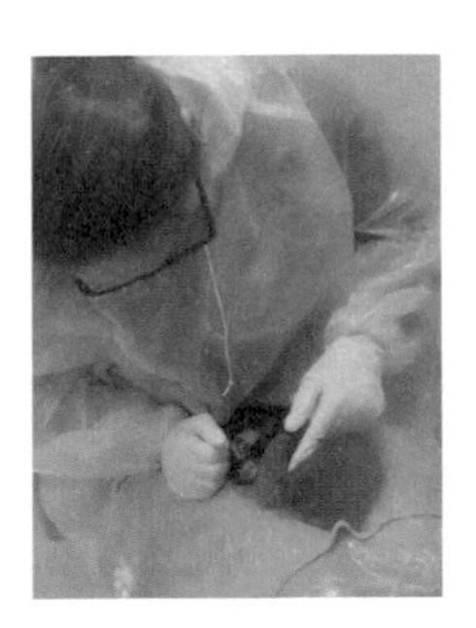

你看出來這個孩子有多小嗎？
他打了點滴包紮後的手，也只有我們的大拇指的大小。
小小的身影，好孤獨。
病得一蹋糊塗，人類的貪婪和愚蠢，真的是萬惡。

一朵花，送給好起來

昨晚在一陣門診的混亂中，
我還是聽見了好起來在叫我。
放下手邊的一切進去隔離病房，
摸著他，
然後他就癱軟了停止呼吸。

打給好起來的爸爸跟他說這個壞消息，
我哭得泣不成聲，
沒辦法跟著最後一個門診。

然後我拿起餵貓的包包去找咪寶，
也許是因為一邊哭一邊叫，
他沒有回應我的呼喚。

我坐在路邊很久，
撿了一朵掉落的花想送給好起來。
想著，如果我心中從一開始就有一絲絲
放棄的念頭，
那我也許不會這麼難過。

鼓起勇氣回到診所，
半夜的手術是個來ＴＮＲ的孩子。
他已經上了手術台，
整個過程就是不對勁，
黃醫師縫合的動作愈來愈快，
一縫合馬上拔管去照Ｘ光。

這個孩子沒有家，是要剪耳的，
片子一出來我們都急壞了。

他以前應該是出過車禍，
橫隔膜破裂，
肝臟腸子都擠到胸腔，
壓迫著他的心臟和肺臟，
他的體型太大進不了保溫箱，
我趕緊做一個臨時的氧氣室，
讓他恢復。

沒有家的孩子，
出了車禍當然也沒人知道。
他這樣忍耐多久了？
他是怎麼撐過來的？
再來又該怎麼辦呢？

天亮了，我還見得到你嗎？

小黑與老婆婆的相依

第一眼吸引我的，當然是那隻黑白狗。

穿戴藍格子的胸背帶，
牽繩掛在資源回收的娃娃車上，
黑暗中常看不見老婆婆，
但隨著狗兒目光的方向，
就一定能找到正在拾荒的主人。

那天，又擦身而過，
我趕緊停下車，跟上她們的腳步。

娃娃車上看不出有什麼，
想來不是豐收的一夜，
老婆婆駝背得嚴重，
到她面前我彎腰用台語向她打招呼：
「這麼晚了要注意安全。」
婆婆微笑著，
牙齒都還在，全部蛀成黑的，
但是她的笑容好溫柔。

手上拿著一些錢，塞給她，
請她早點回家休息，

她還是一言不發，溫柔地傻笑。

這幾天我不禁想著，
她聽得懂我的話嗎？
這樣辛苦生活，是否有難言道的難處？
她的狗兒身型很好，有胸背帶和牽繩，
照顧得不錯。
狗兒精明快樂的眼神，
有著藏不住的活潑。

打聽了一下，
知道老婆婆之前都是帶著一隻大黃狗。

昨晚又遇見了她們，
我開心地過去打招呼。

我問她，之前那隻黃狗呢？
她應該是癟了一下嘴，但是臉真的很
皺，我看不太出來。
「係ㄎㄧˇㄚ」，還比了死翹翹的動作
「為什麼？」我問，
「破病」老婆婆簡短回答。
「這隻好漂亮」我說，
老婆婆突然笑得靦腆可愛說：
「哇底勒ㄅㄨˋㄣㄙㄡˋㄊㄤˋㄎㄧˇㄡㄟ」

「她叫什麼名字？」
老婆婆先是露出一個超大笑容，
大到可以看見全口斷裂的黑牙齒。
眼神單純驕傲地說「角黑！」
我知道她說的是「小黑」。

我看著老婆婆，資源回收娃娃車，和牽
在身邊的「角黑」，
想著她們的快樂其實是因為知足。
無論老婆婆的大半人生是甘少苦多，
或是曾經不堪窘迫，
她和小黑杖朝之年相遇，
暗夜中伴行彼此的腳步，
不露心酸，反而溫暖。

「注意安全喔，小黑晚安」
我揮手和她們道別，
下次，再見。

遇見了掛心的老婆婆與角黑。
老婆婆隔著馬路跟我揮手，
月娘，請溫柔地守護她們。

六公分視野

妳還好小，
才剛開始用六公分的高度看世界。

兩週大，狗咬傷。
不得已的手術，
多希望將妳留下，看妳長大，
但是妳走了。

多美的一個孩子，
獨特唯一的孩子。

好好，這是妳的名字，
願妳安息主懷，
謝謝你過去幾天的勇敢。

等一個好消息

電話那頭傳來忍著不哭的聲音。

她的孩子在萬華的醫院，
需要B型貓幫忙輸血。
那邊的醫生沒辦法幫忙找捐血貓。

我不認識這位家長，
也不認識病危的孩子。

留下了聯絡電話，
我開始厚臉皮地到處詢問。

捐血貓的條件很高，
需要輸血的孩子在和時間賽跑。

基隆和林口的朋友二話不說，
帶上家裡可能有機會配對的孩子們，
往萬華出發。

我打給家長，
請她和醫院等等。

她為了孩子，
鼓足勇氣到處求救。

孩子命懸一線的心情，
我想我們都感同身受。
現在只能等，
等一個好消息。

最後傳來好消息，
林口前來的朋友，捐血成功！

CHAPTER 3

愛，是一切的總和

因為寶貝開啟的義賣平台

友善義賣平台的開始，是因為寶貝。
照顧寶貝三個月，
他和我，像走了一輩子。

寶貝很幸運，
從救援開始就有許多人的關心。
每日都有網友捎來各種的心意和祝福。
許多人陪伴著寶貝走過奇幻之旅，
許多人因為他的離開而不捨哭泣，
他的努力透過我的文字和照片紀錄，
受到高度的關注。

但是我知道，
在很多地方，還有很多寶貝，
他們也在努力，
他們也相同勇敢，
他們與照護者的感情濃烈相依，
為了彼此而意志堅韌。

因為這樣我開始了義賣平台，
平台的立意在凝聚然後分流，
像小溪靜靜地，
將心意流到數百上千的寶貝身邊。

義賣平台的心意，
在捐贈人，在購買人和我自己所投入的
金錢和時間。
然後慢慢展開，
開始了一波又一波送暖認購。
街貓加菜，針對獨立志工的支援，收容
所孩子的罐頭募集與鮮食計畫等等。

過去的一年，
各式的義賣和支援，
已經累積出不小的力量，
受惠的孩子愈來愈多。

許多人想幫助落難貓犬，
卻不知道該怎麼做。

許多人想捐助，
卻擔心自己的心意流到不善的人手上，
或是資源過度集中。

這是帕子媽發起平台的另一個原因，
在被問及時，
不想告知哪裡不適合，
而是想反過來告訴大家，
哪裡可以真的將幫助最大化，
落實善美的心意。

診所友善平台任何形式的援助，
義賣、認購、緊急義賣或志工支援，
受捐的對象都是孩子們。
代受捐的照護者，是有些共同特質的。

他們不悲情、不做作，
也不會刻意製造美好假象，
不將自己神格化。

量力而為，
醫療盡力卻不過度勉強。
慎選合作的醫院，
為每一個來到身邊的孩子承擔責任，
概括承受，溫柔堅持。

有些徹夜救援卻從不貼文討讚，
不得已開口，定是自己先想盡方法，
有些髒話滿嘴心卻潔淨。

每一位帕子媽提及的照護者，
都是長跑型的志工，
志在落難病痛的孩子，
工在沒有日夜、全年無休。

任何方式參與診所友善平台，
都是珍貴的心意，
陪他們跑一段為生命平權而前進的路。

帕子媽會努力讓平台轉動，
請大家一路相陪。

我們一起來幫忙，好嗎？

狗腳印幸福聯盟

它的負責人是J小姐。

聊天的時候五句話裡有兩句是髒話，

一般在開頭跟結尾。

她不屈服或迎合任何人，

無論是醫院，通報人，棄養人，或是領養人。

直來直往不做作，從不打悲情牌。

成立了狗腳印，

不是因為能力龐大而是因為責任太重。

有一天黃醫師站在平台前面問我：

「這些都不是我們的？」

我回答：

「不是，一塊錢都不是。」

這個問題，

我的家人也問過我。

這個問題的答案，

我想用「我是怎麼認識平台上中途單位的過程」來回答。

她跟著孩子們搬去了極荒涼的地方，
關關難過關關過地，
建立起落難孩子的港灣。

狗腳印幫助過的孩子無數，
無論是善終或是送養，
J小姐對於每個孩子如數家珍。

時常在募集孩子們送養出國的機票費用，但是對於每個孩子需要的醫療都不馬虎，也不過度。
這是我認識的狗腳印。

犬山居

第一次注意並聯繫這個單位，
是因為有一台嬰兒床要捐贈，
犬山居裡，多是全癱或是半癱的孩子。
嬰兒床一擺就是一整排，
因為我有時會需要照顧癱瘓的孩子，
所以會去看看他們的照片，想學些眉角。

癱瘓和半癱的孩子要照顧得好，
真的非常不容易。
翻身、擠尿，是否該訂做輪椅？
是否能有奇蹟似的認養家庭出現？
直到有一天，
診所某個家長的孩子癱了，
家長無意照顧。

我便和犬山居聯繫付費照護的床位，
他們拒絕了我。

以我的經驗，中途單位一定多少都有被
丟包，沒付費的。
他們拒絕我，並不是因為不缺錢，
並不是因為不知道孩子的困境，
而是因為「量力」。
勉強收了，會影響整體照顧的品質。
孩子後來我留在自己身邊直到圓滿。

我對犬山居在極緊繃的財力和人力狀況
下，還能真正量力感到欣賞。
正因為這樣，
我更急迫地想讓大家把關愛傳達過去。

貓狗同樂會

有一群人，
各自彈奏著樂器，
當指揮家的雙手舉起，
這一群人便合奏出一首動人的樂曲。
這是我認識的貓狗同樂會，
而他們的指揮家，
是內湖公立收容所內的貓狗。

同樂會裡，
每個環節的角色都是義務性質，
沒有人支薪，
沒有人有頭銜，
是極少數單純由志工組成的動保團體，
甚至連會計都是義務性的志工。

第一線的志工們，會在平日和假日進入內湖公立收容所內服務，
有時間就帶狗狗們出來散步，
而有民眾去詢問認養貓狗時，也能適時適地給出建議。

第二線的志工，便是奶貓手們。
剛斷奶的幼貓家庭式中途，成貓家庭式中途，日常送養中心的值班，以及粉絲頁的經營。

貓狗同樂會，在能力範圍內，是一個完美結構的團隊，
「能力範圍內」，這是非常重要的一句話。

大家都是願意為貓狗跳海的朋友，
尤其第一線在所內服務的志工。
如果沒有強大的心志和原則，會拖垮整
個團體的長久性。

所以積極且謹慎地送養，是貓狗同樂會
非常重要的一環。
每個月最少有兩次的大型送養會，
有出才有進，這樣的平衡，得來不易。
這樣一路走下來，孩子們不只是指揮家，
也是那一首首溫柔或澎湃的樂曲。

如果大家都是志工，那為什麼需要捐款？
帶出收容所的孩子，需要醫療，需要奶
粉，需要吃得好。

在他們的認養家庭出現之前，他們需要
很多。
你的認同和捐助，可以幫助許多許多鬼
門關前搶回來的孩子，
有完整的醫療，有等待、有盼望，有幸
福的可能。

貓狗同樂會用對的方式，
最大化地扭轉收容所內孩子的命運。

他們服務的對象只有貓狗，
不擦人類的屁股。

杜鵑貓

杜鵑貓的大家長是F小姐，
我和她的相識，
是一起處理一個虐貓的案件。

帕子媽和F小姐從不閒聊，
彼此的默契卻非常好。
我們會並肩坐在樓梯上，
一起透過孩子們的眼睛看這個世界。

杜鵑貓，
中途著超過八十個孩子，
他們唯一的步調，
就是順著孩子的步調。

大家也許對杜鵑貓感到很陌生，
其實很多個棘手的動保案件或是大規模的緊急救援，
他們都參與其中，卻極度低調。
他們的義賣箱則和他們一樣低調，
只是個塑膠桶包著牛皮紙，
寫著「少少」。

我記得F小姐將義賣桶拿給我的時候，
還羞怯地轉開桶子，拿出裡面的錢，
她小聲地說「六百塊」（臉紅）。
一個動保案件發生，網路上沸沸揚揚，
F小姐的團隊能夠立即整隊，出發處理，帶著孩子安全退場。
這之中沒有PO網，

沒有團隊的正面照，
不要焦點、不要功勞、不要鎂光燈。
所以他們真的窮爆了！
來少少地幫助杜鵑貓的孩子們吧～！
下次來到診所，
請留意找尋那個極不起眼，
實際上卻是光芒萬丈的捐款筒，
一起來塞滿它吧～！

杜鵑貓

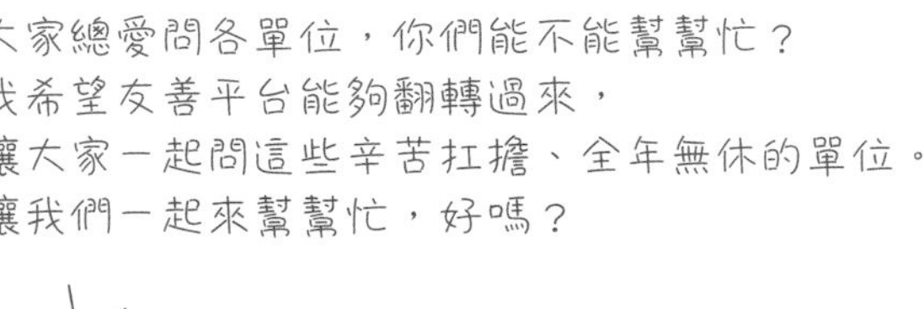

大家總愛問各單位，你們能不能幫幫忙？
我希望友善平台能夠翻轉過來，
讓大家一起問這些辛苦扛擔、全年無休的單位。
讓我們一起來幫幫忙，好嗎？

柯阿嬤，對不起，我們來晚了！

大半夜我馬上開始聯繫中南部的前輩、
中途、志工和監督平台，
詢問關於高雄仁武柯阿嬤園區的狀況。
早上收到大家的回傳，都說是一個需
要、乾淨、而且必需接受幫助的園區。
帶著忐忑的心我食不下嚥，
想著該怎麼做才好！

柯阿嬤八十三歲，
狗園裡的五十隻狗，若換算成人的年紀，
有一半比柯阿嬤還老。

有天看到一個臉友發文，
她說義賣賣得不佳，覺得沮喪，
我對她有印象，記得她是個勇敢的女孩。
點進她的版，
我看見她在幫仁武柯阿嬤義賣補貼。
我又點進了我和女孩的對話紀錄，
「帕子媽，請問可以借您的版，讓大家
幫幫仁武柯阿嬤嗎？」
我回覆：「我最近很忙，我想一想。」
一看日期，
竟然是二〇一三年！

柯阿嬤因為年歲，早已不再增加狗口，
只願專心地讓身邊的孩子們老有所終。

八十三歲了，
卻堅持著三十八歲時的初衷。
柯阿嬤除了照顧家園老犬，
還出門餵養、做TNR。
該紮的紮、該就醫的就醫，
預防針驅蟲堅持到位。

柯阿嬤上個月收到的捐款，
總金額是五百元。

認購文發出，
南部的廠商主動和我聯繫。

高速旋轉的狀況下，
第一波的物資已經就緒。
有些朋友私下詢問，準備寄送各種物資和預防藥。
第一次的認購，算是順利。

這發生的所有事情，我都請女孩和柯阿嬤聯繫。
過去的幾年，
是她沒有放棄地關懷著，
是她讓這些孩子被看見。

柯阿嬤，我知道您不會上網，
但是我想在這裡告訴您，
對不起，我們來晚了！

這幾日您很開心，
因為幾十年了，多少人把問題丟給您，
您沒有想過，台灣這片土地有這樣多未曾謀面的人，願意並且樂意，
用愛來圍繞您與您的老孩子們。

幾十年來，從不停下來的腳步，
您辛苦了！
請好好地喘口氣，陪孩子們歡笑聊天，
願您盡情地享受與孩子們的生活。

一塊錢

不知道大家看平台點收的時候，
有沒有發現有一元銅板。

其實，
四季友善平台讓我看見了許多事情。

有人買了東西，
投了一元到捐款箱裡。
而有人買了東西，
把全身的錢都掏光，
連一元都不留。

同樣都是一塊錢，
意義卻是大不同，
是心意，也是人性。

但是，
我不願意改變平台的不標價方式。
因為我們的出發是良善，
良善的光不會被遮蔽，
我不願意因為小惡而失去信心，
就像我不願意因為世界的大惡，
而感到恐懼。

看見不好的，
總是比看見好的要來得容易。
氣餒的時間，
似乎總比歡樂來得長一些。
但是在這裡不是，也不能，
平台的軸心就是會轉出不同的人性。

愛，流轉，
大家一起來當有意義的那一塊錢。

衝撞收容所大門的女孩——安妮媽媽

我印象中的稚庭，
總是戴著帽子、穿著雨鞋，
在收容所裡幫每個孩子拍照，
陪他們在倒數的生命裡，在草地上散步。

那個時候，收容所並不對外開放，
與其說是神祕，不如說是封閉。
沒有外面的志工進駐，
每日捕犬量之龐大，
一週有將近一半的天數都在執行安樂死，
安妮媽媽孤軍奮戰。

那幾年，她是黑暗中唯一的一盞燈。
幾百個孩子，沒有明天。

她一個人努力拍照上傳網路，
希望這些身處地獄中的孩子們能被看見。
收容所熄燈後，
她用盡所有的時間整理照片。

汪洋大海，
安妮媽媽帶著孩子們在小艇上，
不斷發射信號彈。

那些夜晚，
安妮媽媽為了那些無辜純淨的生命，
心碎哀鳴。

她將媒體帶入了封閉的收容所，
讓許多人看見令人窒息的真相。
有許多人因為安妮媽媽的號召，開始入園服務，
有許多的孩子，因為安妮媽媽的照片，
重獲新生。

那個戴著帽子、穿著雨鞋的女孩，
張開雙臂，
一邊衝撞體制，一邊保護孩子們。

安妮媽媽的身影和行動力，
直接或間接地，
幫助了數千上萬的孩子，
一直到現在。

各地的收容所遍地開花，
愈來愈多的志工進駐，
為孩子們發射信號彈。
這樣的改變，
並不是巧合也絕無僥倖。

稚庭這幾年低調許多，
身邊帶著許多孩子生活著。
她要的從來不是光環，
她要鎂光燈打在孩子們的身上，
她要用自己對生命的態度來證明，
萬物的地獄和天堂，
只在人的一念之間。

CHAPTER 4

用一輩子思念⋯⋯

橘寶&咪寶 自由貓與社區的美好牽絆

社區因為是開放空間，數年來自由貓來來去去。其實我並不記得和他們第一次的相遇，當時也不知道，他們是否會選擇落腳。

每天晚上十點，我會帶著餵食的包包赴約。戲稱自己是餐車阿姨，餐車一開就是許多年。兩個孩子有了名字，喚作咪寶和橘寶。

咪寶是個迷人的孩子，早睡早起，他時常在社區旋轉梯目送大家去上班。在社區的大門口端坐，歡迎大家回家。時日久了，大家都知道他的名字。咪寶融入了社區風景，許多住戶回家前都會去找咪寶說說話。

橘寶相較之下比較害羞，那幾年只有我一個人能夠觸碰到他。用頭頂頭，是我們打招呼的方式。

雙寶兩人一左一右地守護著社區，我從來沒有看過他們彼此玩耍，但是雙寶都不會離對方太遠。

住戶多的社區，一定會有不喜歡貓咪的聲音。在一次大規模的奔走連署，管委會將雙寶就地正名為社區的住戶，規畫了他們專用的用餐區。

那一次在我看來，是雙寶多年高雅可愛的姿態，為自己打了一場漂亮的仗。

咪寶在生了一場大病後，被社區的住戶認養，正式入了戶籍。

而橘寶在二〇一七年六月九日後，便再也沒有出現。

日日、月月、年年，
只要你們平安，每日都是好日，
一個都不能少。

咪寶和橘寶的餐車阿姨

二〇一四年，這兩個孩子，開始成為餐
車阿姨的客戶。
很冷的夜晚，我是這樣想的：
我站在這裡，想像這陣風剛吹過你，
現在吹過我，不冷，很暖。

我們還不是那麼相熟的時候，
我必須躲躲藏藏，
因為我離開之後，你跟了出來，
怕你傻傻跟著過馬路危險，
我躲在花盆後面。

「我們只需相迎，請不要相送」
我在心裡捨不得地說著。

還好後來聽到了一個許願路燈的故事，
就和咪寶一起許願了：
「願只相迎，不相送」

自由貓與社區，以愛之名的共存

幾年下來，
社區裡當然也有因為貓而起的紛爭，
其實犬貓一如燕子般，擇良地而居，
人類身為萬靈的一部分，
若有優越也應是在能找尋平衡，
而不是一味地趕盡殺絕。

於是我們在二〇一五年六月二十日發起
連署，
為了雙寶奔走，在社區的大廳裡，

一群人正在努力捍衛著雙寶。
看咪寶無憂無慮地，
一如往常熱情地回應大家的問候，
我跟咪寶說：
「大家現在正在用你不知道的方式，
回應著你的愛，你的存在。」

每一顆樹、每一朵花、每一隻貓
都是天地瑰寶，
但是總有人不明白而任意糟蹋。
我只願天地為家的你們，都平安。

最後，社區接納了咪寶和橘寶。
雙寶的狀況能走到雙贏，其實非常不易。
不了解自由貓的人，願意聆聽願意尊重，
愛護自由貓的住戶也理性溝通。
最後的結果，
贏的是尊重生命的價值，
贏的是真正的慈悲與平和。

這一路下來，
我們真正地以社區為榮，
也希望雙寶的模式，
能夠給其他社區作參考。

我們的管委會做得到，
我們的住戶做得到，
咪寶、橘寶做得到，
盼這樣溫柔而堅定的溫暖，
遍布每個有自由貓的社區。

美好的夜，咪寶有了幸福

一天，
趕在門診結束和夜車手術開始前的短短
空檔，
出動餐車去找咪寶和橘寶。

這一晚特別熱鬧，有孩子們去摸摸咪寶，
有住戶帶零食去陪他們曬月亮。
有人經過，特意停下腳步來道晚安。

這樣的夜，多美！

這個世界是這樣的，
惡和對立最容易被放大，
放大到讓人容易忘記必須用良善來回擊。

小角落的小呢喃，
其實是穿透山谷嘹亮的歌聲，
只要我們願意，這土地的旋律會更美麗。

後來，咪寶有了新家。
在終於發布關於咪寶的好消息前，
我回溯到六年前的那個開始，
六年來風雨無阻地相會，
過程中留下許多的照片，許多個四季，
咪寶的幸福得來絕非僥倖。

過去的一個多月來，
咪寶的家人、林老師和我謹慎小心，
對於咪寶和橘寶生活上的改變，
盡所能地引導和尊重，直到雙寶都穩定
下來，才發布消息。

雙寶的個性完全不同，
對於快樂的定義也不相同，
在這一個需要時間的階段，
我深深地體會到孩子們本該幸福，
而身為人類，
我們的幸福感是被附加的。

看著那樣多的照片，
我在中間，
雙寶走在身邊，
有些我穿著冬衣，
有些我穿著夏裙，
看著看著總是鼻酸眼眶紅。

阿姨會一直在這裡伸長手臂揮舞，
跟你說再見，
但是咪寶，阿姨希望你知道，
不要回頭，大步地往幸福邁去。
如果阿姨有一天有勇氣去看你，
我不再是你的朋友，我是你的客人。

我現在知道為什麼再難也要守護你，
因為你帶著使命，改變了社區的許多人，
帶著使命，要溫暖一個家庭。

橘寶，不要讓我等太久

橘寶從今年六月中，晚餐開始缺席。
一開始我並沒有告訴任何人，
只是不斷地步行，
去任何可能或不可能的地方找尋。
失蹤滿一週，我才有發文的勇氣。

昨天因為懷疑他是否困在某個地方，
半夜我獨自去攀爬，想幫橘寶開個出口。
下著雨又沒有光線，我一腳踩空，
摔下一層樓的高度，腳和身體都被卡住。
身體很痛，雨很大，可是我哭不出來。
奮力開好出口，我掙扎地在雨中爬出來。

今天接力看監視器的存檔，
不想錯過任何瞬間。
所以十六個鏡頭，一秒一秒看。
看到六個小時的時候，
旁邊的即時螢幕出現了四秒貓咪的身影，

在我昨日摔落又爬起那裡旁邊的小路。
追出去時，已經不見了。

橘寶，
這樣找你，不是罣礙、不是執念，
阿姨必需盡人事，拚盡全力，
為你。

若你真的倦鳥歸巢，
請不要讓我們等太久。

不能哭，因為你會回來

因為你們，我喜歡上雞蛋花，
淡淡的香氣，潔白漸層。
我們的一年，在我心中，
是用雞蛋花的花期為初始，並非月份。

捨不得落花白白入泥，
和你們道完晚安，我總是一路拾花，
帶回來放在水中再多開兩天。

不過，
終是要凋零。

你走了，
也帶走了我的靈魂。

我鼓起所有的勇氣，
去走了又走那個屬於我們的地方。

滿地的雞蛋花，
像是我灑了滿地的淚水，
就是我灑了滿地的淚水。

我呆滯地站著，
讓雞蛋花代替我破碎一地的心。

不能哭，
一哭我的世界就會崩塌，
一哭就承認了你再也不會回來。

橘寶，雞蛋花旁，我在等你

過去兩千多個日子，每天的相約，
我如履薄冰。
不曾有一天，將互相等待視為理所當然。

春天時你春睏的花圃，
夏天時你習慣乘涼的圍牆，
秋天時你愛躲藏的噴水池，
冬天時你溫暖的祕密基地。

愛乾淨的你，不喜歡下雨，
往我奔來的時候，也不忘輕躍過積水，
尾巴直立、小胖肚子晃呀晃。
這是看不膩的畫面，
那時的我，滿心喜悅。

剛睡醒的你，
總是會恍神，
伸著懶腰用頭輕頂我的手掌。

橘寶，你今天好嗎？
我總是這樣問你。

然後我唱著餐車阿姨的歌，
你們一左一右，
隨在我的身旁，
是你們記錄著我的足跡。

橘寶，
你今天好嗎？

是什麼不得已的原因，
讓你不再出現？
阿姨吃不下，也睡不好，
不敢開口說話。

你知道，
阿姨不能哭的。
阿姨害怕一哭，
世界就會崩塌。

橘寶，
我為你簪了花在你喜歡的位置。
這是我在告訴你，
我等你回來。

連後腦杓都可愛的小東

二〇一六年八月三十一日，那天你在另
一間醫院，排定了晚上七點要安樂死，
我在六點半把你攔下來。

不要用沒救了的心情去面對孩子，
這樣並不公平，我心裡是這樣想的。

連後腦杓都可愛的孩子

小東的傷勢很嚴重，
是在同一邊的前後肢和整個胸腹部，
這幾處除了壞死，一點皮膚都不剩。

昨日打開包紮要清創的時候，
還掉了一隻指頭。

六百公克，這是他的體重。
七百公克，這是含包紮。

小東遇到許多醫療的瓶頸。
瘦弱，身上沒皮膚的地方，比有皮膚的
地方還多；
但是醫療的部分，就交給黃醫師隨時更
新評估。

第一次抱起小東的那一刻，
我先親吻他的頭，
將他放在我的胸口，讓他聽我的心跳，
我一直抱著，
直到感覺到他的體溫與我相同溫熱。

我們就這樣躺在候診區的沙發上，
分次三個小時讓他吃完晚餐。
我懷裡的孩子眼神漸漸明亮起來，
他像個寶寶一樣，用臉磨蹭我的下巴，
發出溫軟輕柔「嗯～嗯」的聲音，
然後他又熟睡過去。

今天凌晨的小東，
還是在我的身上慢慢地吃飯。

但是我又多了解他一點點，
當他看著我宏亮大叫的時候，
就是要再喝一個針管的寵膳。
若是一邊叫一邊看旁邊，
就是要我換個方式抱他，
讓他可以像照片裡的姿勢一樣，
趴著看大家工作，
肚子和後腳由我輕捧著，
小東看著看著就打起瞌睡。

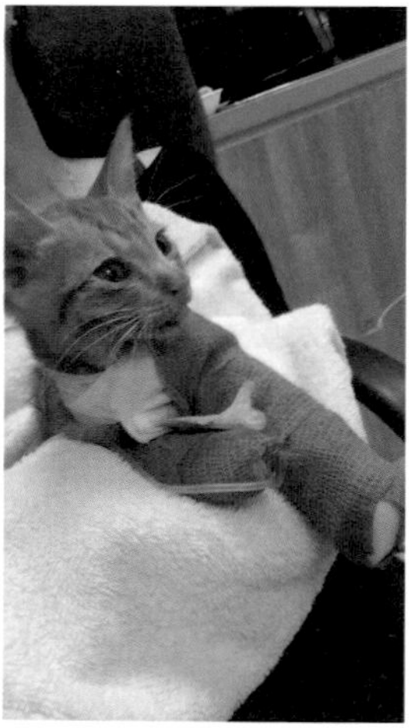

這個世界上，
沒有比他明亮眼神更美麗的風景。
說真的，
他連後腦勺都可愛極了。

我知道醫療的路對幼小的他異常艱辛，
我也知道，
小東一直在危險期，隨時都可能會離開；
但是用對錯去問問題，
只會得到對或錯的答案。
這不是我看待生命的方式。

孩子若失去求生的意志，誰也勉強不來。
孩子若是正在奮戰，
我們更該義無反顧地陪伴他全力一搏。

小東，
阿姨和你之間的約定，
除了愛，再無其他，
願你再來的路恩典滿溢。

我們約好了，一起承擔

從開口答應要帶你的那天，
我就清楚會是這樣。

我會全心地愛你，陪伴你，
而你的病情會上上下下，
如果真的能將你帶大，
這之間你要病危好幾次。

感覺像是狂風暴雨不停撲打，

我緊緊擁著你在懷裡，
只希望風雨趕快過去。

每天將你貼在我的胸口，
是很危險的事。
因為無論再慌張再難受，
我都必須讓我的心平穩純粹。

這才是每日拋下一切，
擁抱你的真實意義。

那天抱著病危的你，完成協力送養，
誰都不知道，
你的尿從我的胸口一路流到背後。

就算是這樣，
也是過程裡一股同心協力的暖流。
是好是壞，
一起承擔。

二〇一六年九月十三日，19：58
小東在我懷裡走了。
張開雙臂將你迎進我的生命裡，
不是因為覺得這裡醫療更好；
而是我決心要給你，
小小生命中值得感受的東西。

我一直沒有公布你的傷勢，
但是過去的十二天，
每一天都是奮戰，每一天都是奇蹟。
擠出我所有的時間和精神，
只要你願意。
狂風暴雨我都在，
只要你願意。
我們面對困難苦痛也要相愛。

第一次病危，拉扯了五個小時。
我們都知道要把你帶大，心要強大，
至少，要和你一樣強大。

我一直在追著你，
因為你總是比我勇敢。

穩定了幾天，你第二次病危，
這次拉扯了二十四個小時。

我躺著不想讓你看見我的眼淚，
然後你抬頭，
看著我的眼睛，
在吻上你頭頂的那一刻，
你離開了。

你會用唯一還有皮膚的那隻手撥我的臉，
你會催促我趕快抱你在懷裡喝奶睡覺，
這些我都會想念。

對於你的離開我並不意外，
但是也不失望，
你從來不讓我失望。

小東與我的承諾，
除了愛，
再也沒有其他，
我們都信守了承諾。

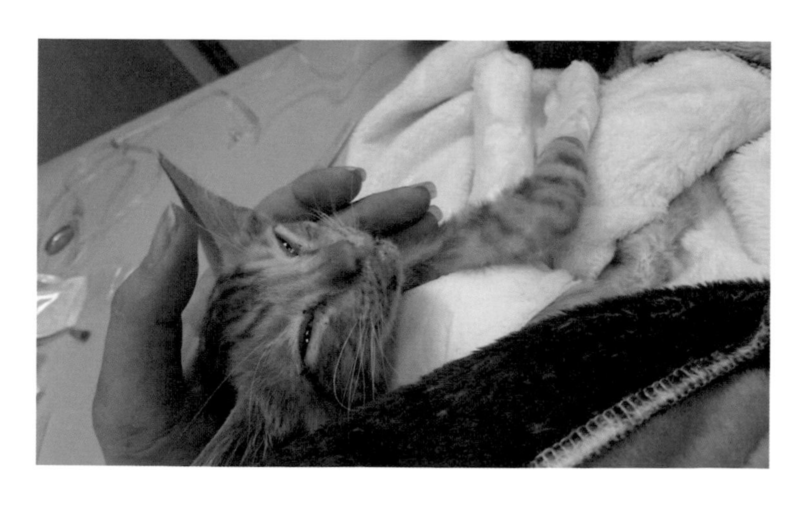

我還是想再說說黑仔

黑仔，有家，有主人。但，很多人卻以為他是生活在街頭的無主孩子。關心黑仔的人，傳來的訊息從沒有停過。可是，他有家人，至少黑仔心裡是這麼想的。

不管我多想他成為我的孩子，我都不能。

終於，「我不養了」這句話出現了。

黑仔來到了我身邊。

我不知道該怎麼彌補過去十八年的委屈，怎麼回應從來沒有被回應過的忠心，

我只能請黑仔給我時間，

讓我瞭解他，請他愛上我。

黑仔最深情的腳印

只要遇到黑仔，
我多半會在身後偷偷陪他散步。
十八歲的他，
看不太清楚也重聽。
因為退化，也因為受過兩次骨傷，
黑仔走路的速度大概比踢正步再慢一些。
走在他的後面，
我可以清楚地看到人們給他的眼光。
有些是驚訝，有些是關心，有些是嫌惡，
這樣的時候，
我很高興黑仔耳不聰目不明。
走到了廣場，
果然我擔心的事情發生了。

走不動的黑仔停下腳步，
旁邊臨時攤位的老闆，
走過來舉起腳就要踹他，
我喝斥了一聲，伸手去阻擋。
黑仔不敢休息，
開始往「家」裡的方向走去，
走走，停停，我知道他累了。
轉彎又轉彎，
他往那扇關著的玻璃門走去，
裡面有個女人在看電視，
黑仔站在玻璃門前，直直地往裡頭看。
「我回來了」，一如過去的十多年，
裡面的人連正眼都沒看他一眼，
他看著玻璃門裡，那個應該是家的地方，
黑仔早就失去了能進家門的盼望。

他的眼神，他的背影，
是他堅毅固執地在守護這個家，
看看家人都在，
他便癱坐在外面的騎樓下。

陪你散步，
因為看著你，阿姨眼睛笑得彎彎。
黑仔，
我多麼希望你是我的孩子，
在我身邊調養身體的那段時間，
你總是吃飽睡好，
阿姨有好多你在大睡墊上面打呼的照片。
不用擔心酷熱寒冷，
不用被人嫌棄，
不會有人沒來由地欺負你。

十八歲，這是多少家長盼也盼不來的，
但你也就這樣被辜負了一輩子。

如果可以，
請你來當我的孩子。

黑仔其實是美食家
晚上包了黑仔喜歡的清燉牛肉，
繞了一圈去找他。
這孩子有些挑嘴，
但是口味滿清淡。
遠遠地我看著他，
就在背後的燈光溫暖，

卻是黑仔最遙遠的歸屬。

叫醒他，吃點心，
直到我已經步行到轉彎處，
回頭看，他還是傻傻地望著我。

傻黑仔，
這不是一場夢。

把心靜下來，
不要害怕。
千萬人曾經與你擦身而過，
有的憐憫有的嫌惡，
但是記得，
我是那個會默默走在你身後的那個阿姨，
我們一起勇敢。
如果可以，
我願意一直默默這樣守護你。

我不知道別人怎麼看，
但是阿姨覺得，
人群之中你最亮眼，
黑仔，你無敵可愛！

黑仔的好，不會輕易被擊倒

那天走在路上，
非常炎熱的夜晚，
我想著那時還在「顧家」的黑仔。
如果他死了，
主人大概也是垃圾袋一包，
就丟進垃圾車吧。

這樣的念頭閃過，
突然就看見每天幫黑仔送飯的 BoBo 媽，
我快步走向她，
告訴她我想帶黑仔回診所。
其實過去的幾年，
很多人或多或少照顧掛心著黑仔，
我相信有幾個人動過想帶他回家的念頭。

但是一來黑仔有主人，
二來他的身體狀況居家的確有難度，
皮膚與耳道的潰爛，身上幾個腫瘤，
大小便失禁都是問題。
坦白說，
就是我自己要帶他回家，都很困難，
黑仔住進診所，對我們的動線和病房位
置的確有影響，
事情有輕重有前後，
而黑仔是我們的優先考量。

我們最擔心的，
其實還是他是否願意接納我們，
和我們是否真的有能力，讓他快樂平安，
而非一廂情願地去改變他。

很幸運，也很幸福的，
黑仔一住就安穩。
他會和我們親嘴，
用鼻子頂我們的腳要摸摸，
摸不夠還會一直伸長脖子，
有時會偷舔我們的小腿。

這麼多年，看他在外面孤單老態的背影，
我真的沒有想到，有這樣的一天。

真的沒有想到，
能看見他伴著夜燈呼呼大睡，
能看見他眼裡的溫柔，
能看見他愉快地輕搖尾巴，
能看見他趴得像大爺一樣讓我按摩。

黑仔的好，凝聚了一股力量，
他用自己的姿態走進許多人的心裡。

十八歲的老孩子

黑仔身上有許多腫瘤，
最強悍的是從上顎擴散到嘴唇的這個，
這個腫瘤讓他的臉在一個星期內就歪了一邊。

黑仔皮膚開始潰爛，
所以又開始了每天ＳＰＡ的服務。
壓力當然有，
因為我們有責任替他反覆設想周全。

接他到我們身邊的時候，他已經十八歲。
我從來沒有希望他會改變，
帶著欣喜的心情，不曾想過失去。

出乎意料地，
黑仔找到了自己，
那個年輕的自己，
那個不曾被錯待過的自己，
那個帶著老人嗓音撒嬌的自己。
這樣已經足夠。

黑仔在診所的日常

看他睡得熟，
似乎夢見了什麼，
忍不住自己在他旁邊鋪了毯子，
躺在一起。

他迷濛地張開一隻眼睛，
我讓他靠上我的手對他微笑。

我還喜歡你在輕柔撫摸中醒來，
和我親親臉，
你會開心伸個懶腰，
扭一扭身體，
然後噗通一下又睡著。

這時我會躡手躡腳地離開房間，
留下我的味道和星星夜燈，
願你安穩，
願你好夢。

外面下著滴答滴答的雨，
我們這裡，
晴空萬里！

愛，是唯一的答案

我想了很久，
怎麼撫去你身上十八年的風霜。
除了無條件地去愛，
我沒有別的答案。

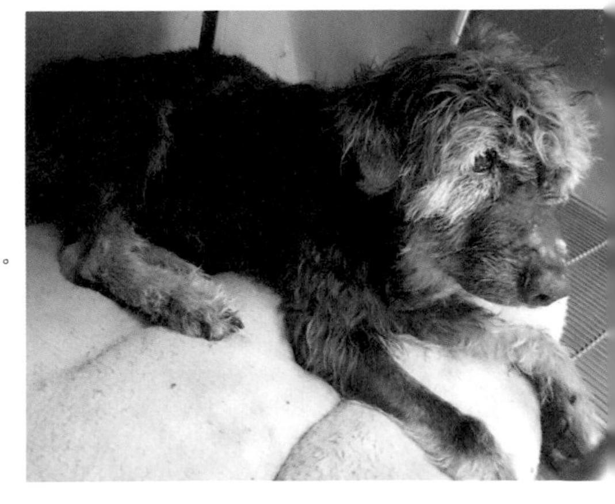

這個小房間裡，
充滿了你的味道和我們的愛。
像雲朵一樣舒服的大床，
明亮月色的夜燈，
一切靜好。
不求你晚景明媚，
只願心平靜。

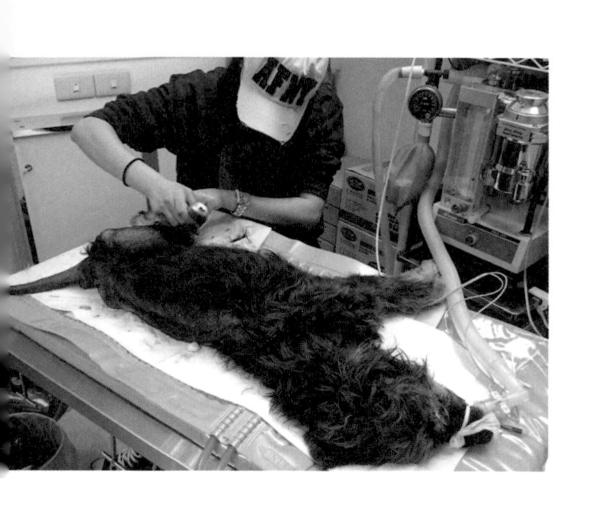

沒有人知道你是怎麼撐過來的，
十八年來被辜負的忠心，
在廊下無數個風雨交加寒流酷暑的日子，
斷了兩次的腳，早已腐爛的耳道，看不清楚的眼睛……被人討厭被欺負，
那是六千五百多個日子。

但是我想，
除了無條件地去愛，
你應該也沒有別的答案。

謝謝你給予的信任，
讓我們成為家人。

如果你的腫瘤不是這樣快速地生長在這個部位，
請你了解，我不會做手術的決定。

我只希望每一天，
你都能夠做你自己，
然後有著滿滿恩典在睡夢中離開，
連再見都瀟灑。

這個手術，辛苦你了。
要把腫瘤拿乾淨，
你會只剩下眼睛，下巴和部分的舌頭，
醫生要我當下做決定，
我選擇了只移除表面的腫瘤。

我知道也許再復發很快，
我知道你醒來後會很生氣，
但我也知道要你沒有臉地活著，太累了。

親愛的黑仔，好好睡一覺，
記得起床吃早餐。我幫你把腳底毛都剃乾淨了，這樣比較不會打滑，
頭髮也修短打薄，帥帥的。
請記得起床，明天見。

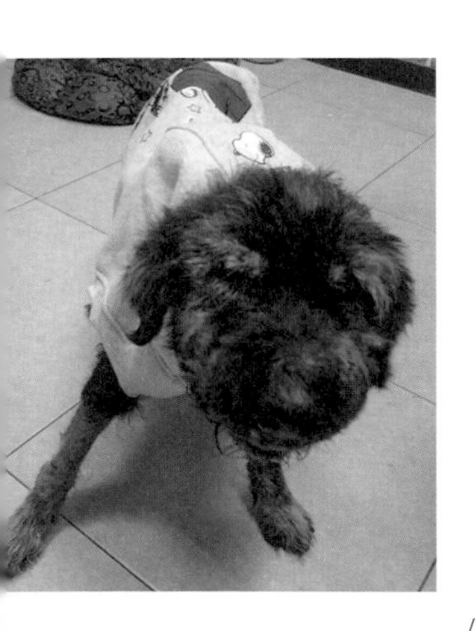

今天幫黑仔先生買了一件帽T和一件睡衣，
這樣在空調房裡比較舒服。
沒有量尺寸就買得剛剛好，覺得拉風～

黑仔，一路好走

那天我坐在地上，黑仔靠著我的腿，
剛好有訪客，我們輕聲說著話。
訪客一邊在幫黑仔拍照，
突然我就知道了，
我知道時間到了。

彎下腰抱著他，
和他一起唸了一遍主禱文。

在那極短的時間，
黑仔對我搖了搖尾巴，
深嘆了一口氣，
就這樣結束了十九年的生命。

完全反應不過來的訪客，
拍下了靠在我身上斷氣的黑仔，
也拍下了我痛哭的樣子。

一路走來，
那樣多的孩子，
來時破損，
走時瀟灑，
他們的好，像拼圖一樣拼出我的信仰。

在住院部、在路燈下、在回家的車上、
在臉書的後面，
我一次又一次地痛哭，
然後將眼淚一次又一次地吞進心裡，
希望天堂是在一個不遠的地方。

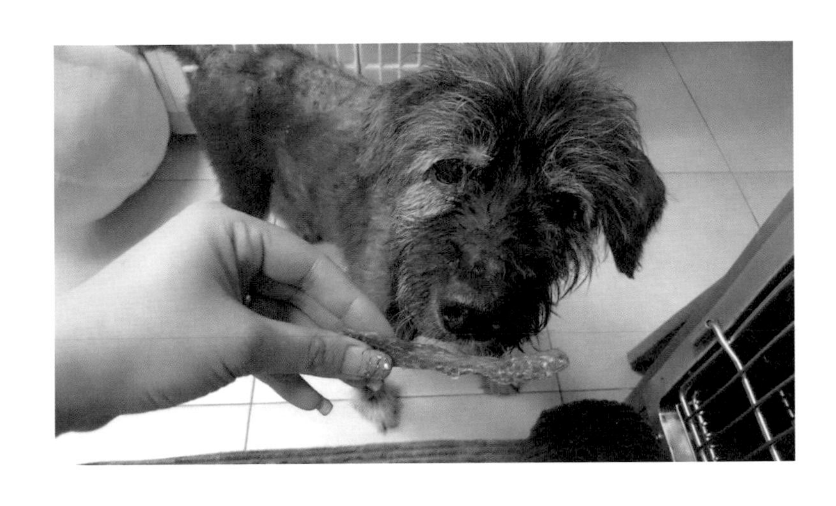

還好沒有錯過你

人生是一趟旅行，
走了幾萬公里，遇見最愛的你，
努力就像兩個人的接力。
面對分離課題，我學會了仰望，
多慶幸當初沒有錯過你。

當我寂寞時，
會閉上眼睛好好想你。

我們的愛就像彩虹，不能收集。
誰說死亡一定是悲劇，
時光倒轉我還是要愛你。
我們的旋律就像一首四手聯彈，
在黑白鍵上彈跳微笑。

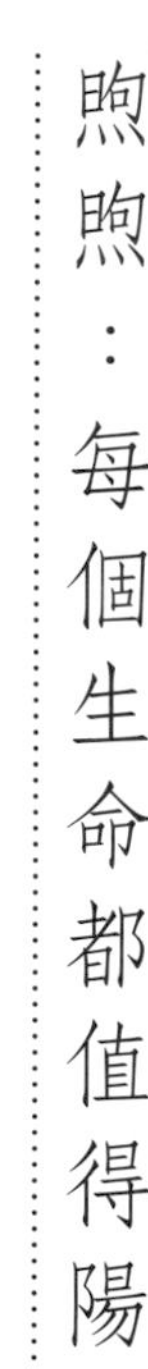

煦煦：每個生命都值得陽光煦煦

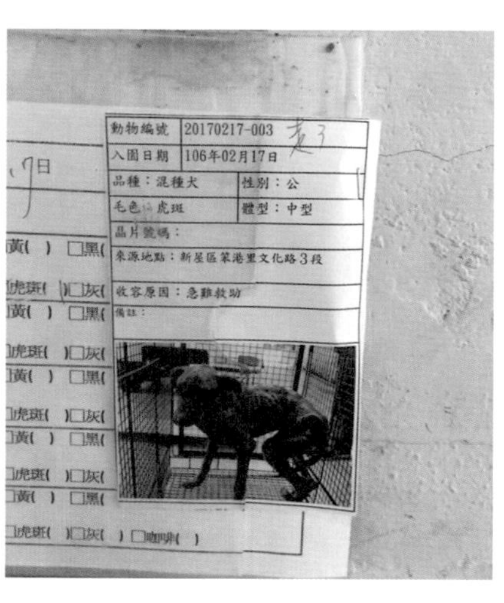

動物編號 20170217-003
入園日期 106年02月17日
品種：混種犬 性別：公
毛色：虎斑 體型：中型
晶片號碼：
來源地點：新屋區笨港里文化路3段
收容原因：急難救助
備註：

新屋收容所接出來的煦煦，
跟盼盼待在一樣的位置。
如果這樣的巧合，
可以喚醒更多人的關注，
那麼這就是煦煦和盼盼身負的使命。
有愛，沒什麼好害怕的 :-)
幸福，沒那麼難。

今後的每一步，我們一起。
昨晚的你，睡得好嗎？
不要絕望，
好多人在為你安排。

要開始我們的旅程，
坦白說並不是一個簡單的決定，
心為你柔軟，更要為你剛強。

你彷彿要從地獄裡來，
曾經的水深火熱暗夜哭泣，
刺眼的光芒也許會讓你一時看不清楚。

我們在這裡等你。

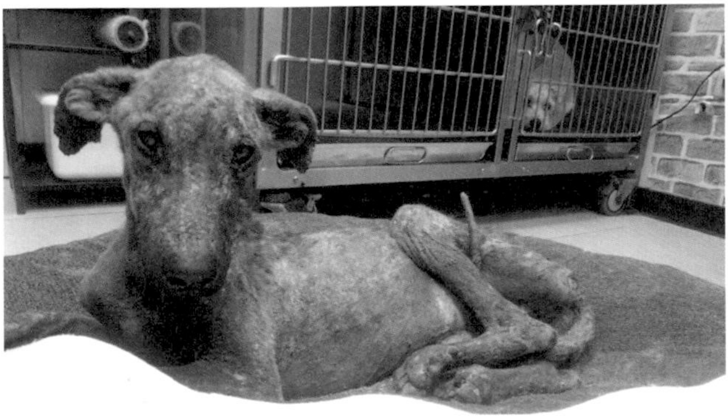

親愛的孩子，
我們要為你跑一場愛的接力，
請上帝恩典滿滿，
不求輕鬆簡單，
只求讓我們在一起的每一步，
有驚無險。

明天見。

煦煦的家人，請舉手

你的幸福是努力來的，
是苦過來的、是爬過來的。
在許多許多的夜裡，
你哀嚎哭泣，
也許曾經那樣飢寒交迫，
以為自己再也看不見明天的太陽。
沒有人看見你單純的盼望，
沒有人看見你只是個孩子。

你的幸福，
有上天憐憫的安排，
卻沒有一點僥倖。
如果你有了家人，
你們必定彼此守護。

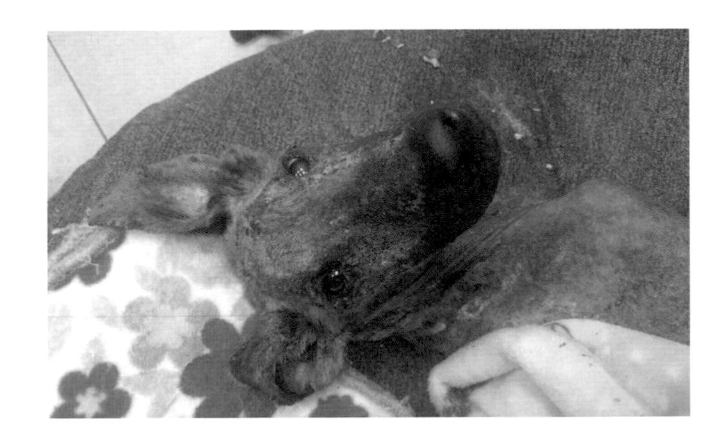

煦煦在這裡，有很多的第一次。
第一次擁有自己的床，
第一次擁有自己的玩具，
第一次被親吻，
第一次被擁抱。

我們在這裡替煦煦請求，
請求你們接納他成為家人，
他會為你們帶來豐盛的快樂。

願小橘的靈魂贖了那有罪的人

二〇一七年三月二十六日，小橘被發現倒臥路邊送醫，隔日死亡。因為從頭部取出鋼珠，救援人報案，警方也正式受理。員警們很快地鎖定了嫌疑人。嫌疑人坦承射擊貓咪，交出BB彈，訊後依違反動保法及社會秩序維護法函送。

許多人對於只是函送的結果並不滿意，但是也請肯定警方在只有間接證據下，能夠將嫌疑人確定為犯行人的用心，再來，就是我們的事了。

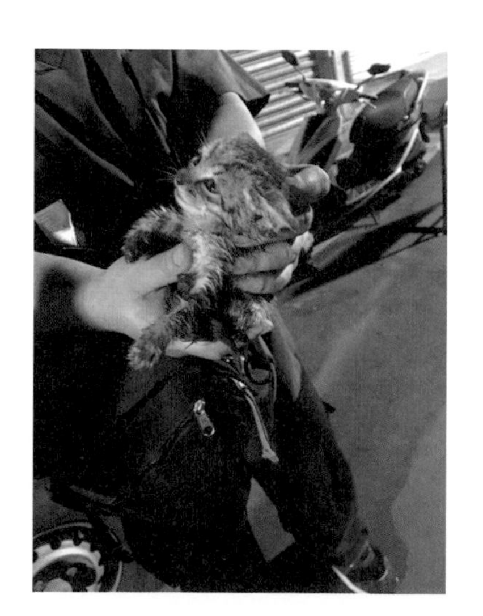

小橘媽媽最難受的一夜

小小橘新聞公開的那段時間，
消息在網路上被分享，大家都非常憤怒與心痛。
許多的朋友都用私訊通報我這個案件，
當時的我是已經知情的。

我曾與員警溝通後，
一同前往案件發生處，
當時，
小橘媽媽還帶著四個快離乳的孩子。

回到警局後，
員警將時間軸與新發現的線索拼湊，
鎖定了嫌疑人。

我重複地看著小橘本來在玩耍，
突然中彈之後痛苦爬行的影片。
雖然虐心，
但是希望能夠看出子彈發射的方向，
在這個時候我們也發現，
中彈的不只小橘一個孩子。

離開派出所，
因為必須尊重，並給予，
員警完整調查的空間，
必須相信派出所會在當時只有間接證據的判斷下，
能夠小心與嫌疑人對談，
所以所有的消息都是保密的。

員警在處理案件的同時，
網路上還是沸沸揚揚，
公開影片讓大家更氣憤難受，
對小橘的死來說並沒有意義。

我認為我們能做的，
是盡快撤走小橘媽媽和四個孩子。
畢竟那個地方就像個練靶場。

聯繫了通報人，請來江媽支援誘捕，
確定後續的中途事宜，我們開始撤貓，
務必讓媽媽與孩子全數安全撤離。

新聞出來了，嫌疑人坦承射擊貓咪，
但卻避重就輕交出ＢＢ彈，並不是鋼珠。

我們都知道，事情還沒有結束。

現在能做的，
是保護小橘媽媽和他的四個同胎。

小橘死得痛苦，
這是除了心痛憤怒外，實際能為他做的。

媽媽在屋頂，
月色下親暱地替孩子們舔臉。
這樣的畫面原本是多麼美。
誰知道，媽媽必須看著孩子中彈，
痛苦扭動卻無力救他。
就如旁邊雜貨店的老婆婆嘆氣著說，
「貓仔也是有血有眼淚的。」

請來我們的懷裡吧

他是中彈小橘最後落網的妹妹，
小橘的家人分三批被撤離。
這期間從媽媽看見小橘中彈墜地，
兩隻小橘貓被我們用誘捕籠帶走，
然後媽媽和另一個孩子進籠，
媽媽心急地撞得滿臉是血，
抓到指甲全部斷裂。

剩下這個小妹一人在外，
孤獨度過了一天一夜。

她無助地叫著，
但是我想媽媽教過她，
不要發出聲音讓人注意。

所以她叫得很小聲，很害怕。
像個忍住不哭卻一直掉淚的小孩子。

這幾天，對小橘的家人來說，
幾乎像家破人亡。

而每一位參與誘捕及後勤的人，
都身負重任，
收起情緒，動作都很快，心中焦急。

直至最後這位孩子落網，
我們趕緊讓她們家人團圓。

我和媽媽道歉，
希望她終於了解我們的苦心。

這段時間她所經歷的，
不是我們能夠想像。

是人，就做人該做的事。
上帝賜予人類說話的能力，
人類卻忘記溝通的責任和原因，

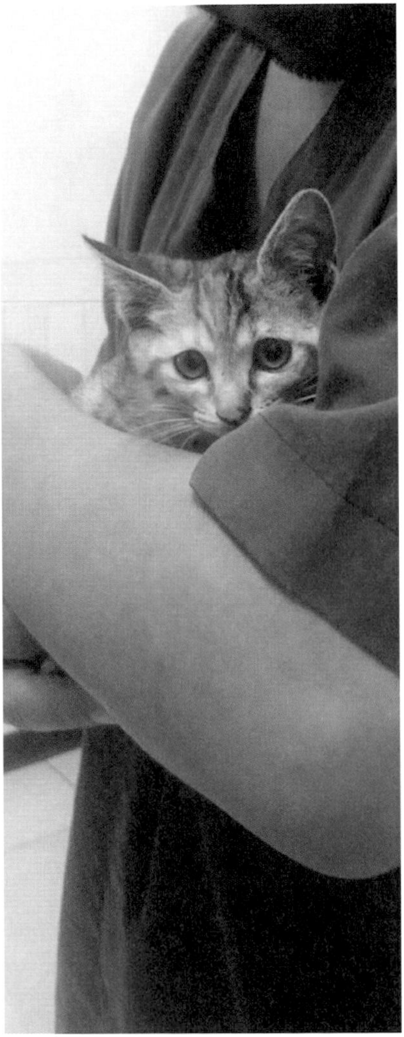

反而因為優越感的黑暗面而自恃。

願小橘的靈魂贖了那有罪的人，
也願小橘的靈魂，
喚起更多人心裡的善念。

肚咕，陪伴我最久的孩子

肚咕，是陪伴我最久的孩子。
他陪著黃醫師追求我，到我們結婚。
婚後大風大浪的第一年，
第二年有了診所，
第四年搬了家。

肚咕的過去，對我來說一直是個謎。
少言的他只有問過我：
「我真的可以一直跟妳在一起嗎？」
他的死去，對我來說很不真實。

你可以和我一直在一起

有一天半夜到家，
肚咕突然像老了十歲。
站不起來，
花半個小時坐起來，
卻往旁邊噗通倒地，
飯也不吃。

其實過去的一年，他老化得很快，
聽力幾乎完全失去，

雖然他再也聽不見我叫喚他，
但是至少打雷放炮，不會嚇到發抖失禁。

那天晚上，我靜靜地看著他，
他彷彿就要死去，我沒有叫黃醫師。

我的心從未如此沉重。

肚咕的不同，我一直都知道，
他鮮少快樂，不會吠叫，
睡覺時會在夢中哀鳴，
他的意志力如此薄弱。

他曾經問過我：
「我真的可以一直跟妳在一起嗎？」

這麼多年我對他的愛，
只是在回答他這麼簡單的一個問題。

這個世界上，只有一個人愛他，
那就是我。
而這個世界上，肚咕只愛一個人，
那就是我。

我永遠都不會知道他過去的故事，
喔！天啊！我真的很想知道；
但是直到現在，
我似乎也不真切地了解他。

我們一直相愛

我們相遇，然後相愛。

不是曾經，
是一直相愛。

到你的頭髮斑白，
聽不到我親暱地叫你，
看不到我從眼睛流進心底的淚水。

是一直相愛，
到我的雙手滿是皺紋，
沒有理由再叫喚，
到淚水變成刀鋒，
一道一道，變成疤痕。

我們相遇，
然後一直相愛。

是你讓我的雙手充滿溫柔，
你教會我人類沒有的慈悲。

我一百次的孩子，累了就休息。
媽媽只怕你孤單，
只怕你孤單。

肚咕就這樣離開了
沒有很多的不舒服，
沒有度日如年的病程，
有些像在睡夢中離開，
但這多不像我認識的他。
思念著，總是思念著，
像是心臟含在嘴巴裡。
他走了之後，
我沒有離開工作崗位一天，
我甚至沒有好好地哭一場。

我起床看著他睡覺的位置，
跟過去的七年一樣。
梳化的時候，
總感覺他用鼻子輕頂我的小腿，

跟過去的七年一樣。
躺在床上熄了燈，會聽見他的腳步聲，
和喝水的聲音，
跟過去的七年一樣。

我腫著眼睛去上班，
一樣發文、一樣忙義賣、一樣陪黑仔。
我害怕回家。

我將房間的動線全部改變，
把所有肚咕的東西都包起來，
再深深地聞一次，
那屬於他的，特殊的氣味。
總是要走的，相遇一場，
就算要思念一輩子，也值得。

總是要走的，沒有一天，
我的孩子，
你從來沒有一天讓媽媽失望過。
媽媽愛你。

很不真實的日常

那一天，坐在地上，
我哭了又停，停了又哭。
日出了，
然後日落了。

要擦乾眼淚，多不容易。

一樣上班，
一樣餵貓，
一樣發義賣文。

頭好痛，
不知道是因為哭泣還是因為想念。
媽媽，好不習慣。

我之所以為我，
不是因為我的肉體，
是因為我的心靈。
你之所以為你，
也是因為你的心。

若要說起媽媽人生的故事，
不可能不說起你。
我最沉默，重量卻最重的孩子。

我們天家再見。

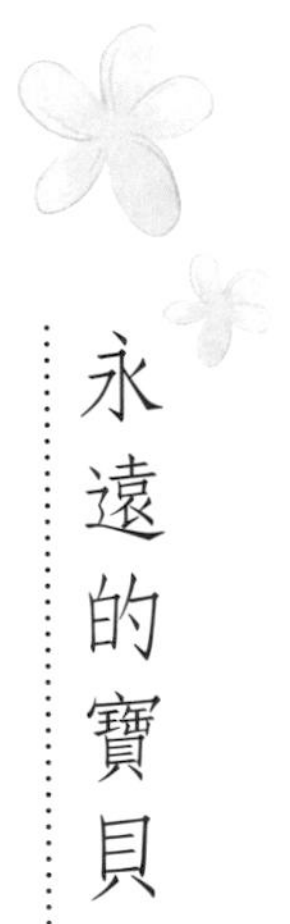

永遠的寶貝

被撞得面目全非的寶貝，
擁有全世界最美的靈魂。
他好努力，
努力到全世界都認識了這個生命。
我與他共處的三個月，像是一輩子。
一輩子都不會忘掉，
一輩子都不可能忘掉。
寶貝，我們天家見。

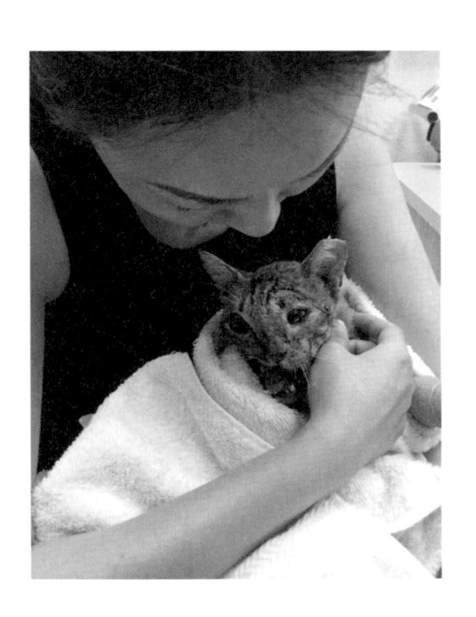

拍下這張照片的時候，
寶貝的腳放鬆又捲了捲。
隔著小毯子，
我的肚子感受到他的舒適。
輕哼著歌，
慢慢地我將自己的呼吸，
調整到和他一樣的節奏。

如果可以，
我想感受他感受到的一切。

他的痛，
他失去的眼睛，
和也許想念那個曾經是家的公園。

一天晚上夢到寶貝。
他說：
阿姨你看我的牙齒，
然後他就「啊～」
給我看他本來應該是右上側的牙齦跟牙齒，都撞凹到中間來。
我說，
「哦！阿姨知道了哦！」
他還一直「啊～」著。
可愛極了，
我笑著醒來。

寶貝愈來愈有個性

今晚開夜車手術，
整個住院部巡房一點才開始。

陪著寶貝躺，
今天的他好好笑。
手一沒摸著他，他就發出可憐的聲音，
還會用手來摸我的臉，
所以我一邊打字要一邊親吻他的額頭，
直到他現在睡到四腳朝天。

最近我問我自己，
有多少人每一天都有真心地笑過？
我有，
每天抱起寶貝的那一刻，
我都真心燦爛地微笑。
寶貝的外表不會再像一隻正常的貓，
但是他能活下來已經是個奇蹟，
在可能的範圍內他學會表達自己，
純淨的靈魂只是困在被撞得歪七扭八的身體裡。

從一個小公園，
一條馬路，
一個超級大颱風和十幾個瀕死的夜，
一篇網路求救文，
到兩位熱血車手連夜載他北上淡水。
那一晚，許多人為了他失眠，為他祝福。
寶貝還在奮鬥，
他的紀錄被國外網站關注發布，
但是寶貝的故事還在繼續，
就在這裡，在台灣，在你我的盼望中。

擁抱寶貝的美好SOP

抱著寶貝的時候，
我會先和他打招呼。
確定他的姿勢舒適後，
我會閉上眼睛，
開始想像自己是一隻貓。

如果我是寶貝，
我會怎麼打理自己呢？

這個時候，
閉著眼，
靜下心，
我只願意聽見我們貼近的呼吸聲，
我只願意聞著屬於寶貝的氣味。

每天都是如此，
每個曾經被我擁在懷裡的孩子都是如此，
我的手傳達著我的心思，
告訴他們，
他們是如此美麗。

閉著雙眼，
心靈的雙臂卻是完全張開。
所有的好、所有的不好，
都讓它湧進來。

不花俏，
不悲傷，
Just embrace it.

真的要跟寶貝說再見了

親愛的寶貝，
阿姨要在這裡跟你說再見。

聽來可能有點傻，
但是過去的七十四天，
我從未想過我們會分離。

阿姨曾經問過自己，
為什麼要選一條這麼難走的路？
現在我知道，
你就是原因也是答案。

不要擔心阿姨流淚，
這只是想念你的關係。

曾經我們一起睡覺、一起唱歌，
一起擁有的那個小宇宙，
就這樣記著吧！

多少次我被你的眼神感動，
我們的靈魂曾經相擁。
因為你，
阿姨變得更勇敢。
因為你，
阿姨更確定在愛裡沒有恐懼。

你的身體，不好用了，
阿姨知道。
真的，阿姨都知道。

要和你說的話，
除了辛苦你了，
還有謝謝你。

謝謝你讓我們不顧一切地愛過一回。

再見了，我的孩子。

CHAPTER 5

天地之間

小玳，我們很好

有了湯寶之後，我更常想起小玳。

那段剛起步的時光，
很多的困難，
很多超出體力極限的日子。
是小玳的陪伴，
給了我們力量和心的視野。

小玳離開我們，
我答應過她，
她是診所永遠唯一的副院長。

櫃檯有盼盼跟水水當會計，
湯寶我想就受聘為配藥師吧。

小玳，
我們一直想念你，
那樣的想念不曾停歇。

請放心，我們很好，
曾經同在一起，
那樣美好。

我們的光榮時刻

黃醫師和我，
有一個彼此手肘輕碰的動作，
在手術中，會發生一些風浪。

比如說，
孩子的心律不整，然後穩定下來。
手術中孩子呼吸延遲，
我們必須手動呼吸，直到自主呼吸平穩。
老孩子術後從痲醉醒來的狀況，
比預期來得好。

腹腔腸胃型手術判定下刀的位置剛剛
好，裡外的處理都可以乾淨漂亮。

骨科或腫瘤手術切開時，
看見孩子的增生組織沒有沾黏到重要的
血管或器官。

因為手術中的黃醫師和孩子是滅菌的，
所以我會走到他的身後，
然後我們會有一個很快的手肘輕碰。

今晚在完成了一個漂亮的夜車手術後，
我們難得為這個動作拍下照片。

這個輕碰，是船長與舵手最光榮的時刻。

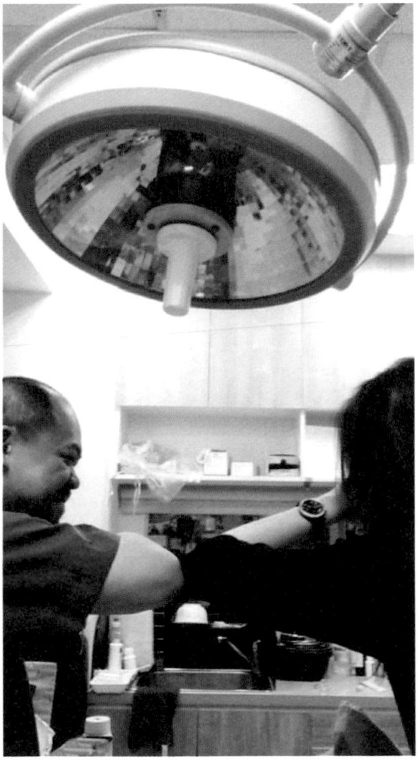

這個輕碰，是快樂，
是在無形的風浪後給彼此的加油。
這個輕碰，是無聲的慶祝，
祝福和死亡拉扯後，能夠健康回到家人
身邊的孩子們。

好好道別

今天提早進診間，拉下百葉窗簾。

這個動作，
是莊嚴，
是沉重，
是道別。

我們空下門診的前後，
希望家長和孩子的最後這段時間，
不要被打擾。

孩子很老了，
時間帶走了他的智力，
他的行動力和聽力。

媽媽每天、每天
幫他換尿布、翻身、拍痰、灌食。
但是孩子開始出現密集的抽蓄僵直。

那天我抱著孩子，
媽媽哭著和他道謝。

媽媽說：「我四十幾歲才生孩子，但是媽媽要謝謝你，是你先教會了我怎麼作一個母親。」

老孩子的眼淚，流了下來。

陪伴他們道謝，
陪伴他們道別。

頭抬高，
眼淚伴著祝福，
流進心裡，
灌溉天堂。

你們的故事，就是我的故事

好幾年了，
一直想送給自己一個禮物，
就是好好整理陪伴過的孩子們的照片。

每天整理得眼花，
發現才三年的時間要洗出的照片就將近六百張。

這本相簿放在診所玄關候診處，
裡面是許多孩子們在這裡時，
為他們留下的可愛模樣。

有些孩子現在健康幸福，
有些孩子已經去了天家。

歡迎家長們來翻看，
這些在我心上留下步步腳印的寶貝們。

當然，
許多的故事還在進行中。

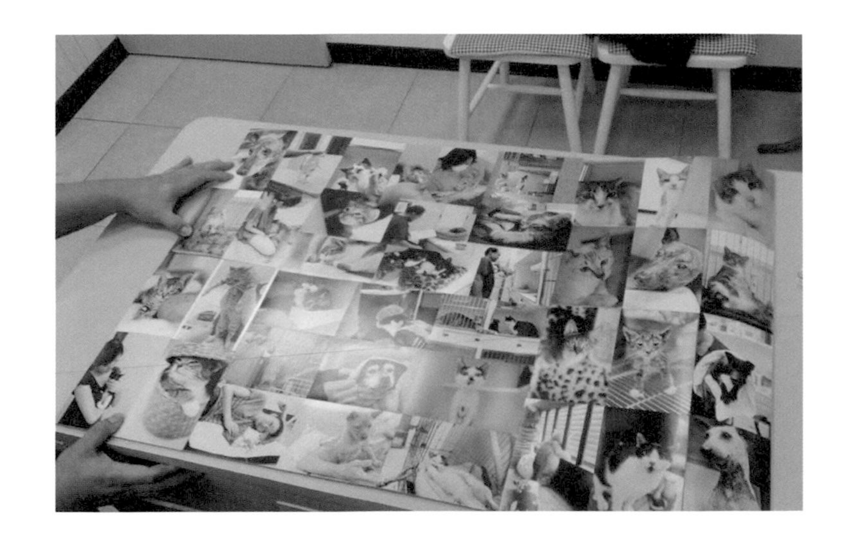

永遠

有一種想念，
大家都以為它會過去，
因為生活還是要繼續，
但它就像一個框框，
或是一個用圓規畫的圓圈圈，
分毫不差地烙印在心上的那個位置。

你會不會因為想念而掉淚呢？
會不會因為想念而抬頭看看天空？
或是因為想念，
而去為他摘些野玫瑰？

你的年月，不再是一月開始，
那個特殊的月份或是日子，
是你數算一年又過去的起始。

如果你有幸這樣去愛過，
那靈魂甦醒的痛，是錐心。
大家都以為它會過去，
就像忘了牙痛一樣。

永遠，只在過去，
過去的事情才是永遠。

驚喜！

本來在街上討生活的親人孩子，
準備要送養，
結果是個懷孕的驚喜包。

看她產檢的時候，
多認真地看著超音波。

小小的頭、小小的脊椎、小小的心跳。
這樣的時刻總是感動萬分。

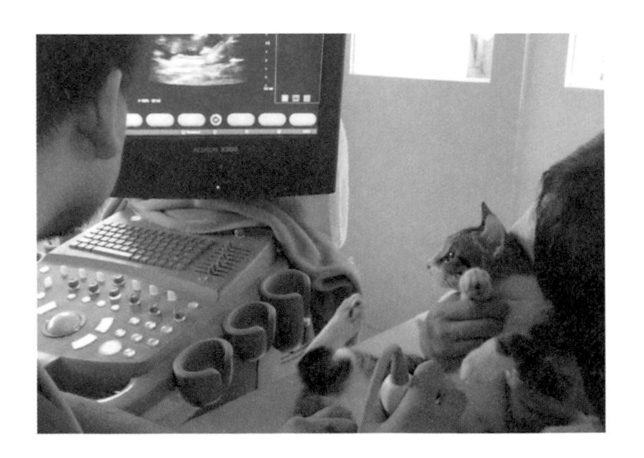

生命之初的美好

在你們的人生中有這樣的一小段日子，
單純地只需要往媽媽的呼嚕聲爬行。
雖然還看不見，
卻不會失去方向。
每一天、每一次，
我駐足在你們的房前，
世界再大也停止轉動。

我突然也看不見，
卻也一樣不會失去方向。
你們的美好如此奧妙，
再多的金錢名聲地位光環，
都不如你們的溫軟微笑。

讓我們的住院部一起晚禱，
感謝上帝在不完美的世界裡，
將你們創造得如此無暇。

壓不扁的玫瑰

回家路上的車程，
是我和黃醫師唯一可以交接的時間。

我會告訴他哪個孩子準備送養，
或是哪些孩子準備入院，
他會告訴我整體醫療的進度。

我的思緒，
有時停頓在已經離開的孩子，
有時在入院中孩子們的未來，
有時候在那些尚未謀面，
但就要來到我身邊的孩子身上，
一直交錯著。

爸爸說：
「就像拳擊比賽，我可以倒地哀號，但是裁判數到九的時候，我就一定要再站起來。」

這是人生，
要像一朵壓不扁的玫瑰。

是什麼樣的意念，
讓我再怎麼傷再怎麼失望，
也打死不退？
是什麼力量支撐我，
一次又一次地爬起來？
我還不清楚，
也許是足夠的理由，
也許根本不需要理由。

心要跑在最前面，
跟上的是思緒。
然後開始快步追上心所嚮往。
只要心到得了，
就沒有到不了的地方。

給每一位愛無限的家長

雖然我背對診療室，
但是我都知道的。
默默走進去，
聽著診斷，看著報告，
然後我會坐在候診區等家長出來。
被診斷出絕症或是重症，
診療室內的談話，
對家長和孩子來說，
就像砸碎滿地的玻璃，
以為的明天，再也不相同了。

我總是請家長坐下，
試著用同為家長的心，
來談談再來要面對的可能性。

醫療很冷，病程變化莫測，
再好的家長，
眼淚裡總滿是愧疚和不捨。
不捨得孩子再來要那麼辛苦，
和那說不出口的再見。
除了陪伴無主的孩子，
和學習面對自己失去孩子的思念，

有溫度地陪伴家長和他們的孩子，
在別離之前少些遺憾，
也是我的人生課題。

在別離之前奮力一搏，
在別離之前勇敢多於憂慮，
一切都為孩子做好軟著陸的準備。
醫療有極限，
但父母親的愛是無限。

獻給每一位，
曾經或是正在為孩子爭取的你，
你們讓孩子真正有尊嚴地在溫柔裡，
面對人生課題。

美好的思念

有一種思念，那樣溫柔，
連月娘光都顯得刺眼。

有一種祝福，
那樣誠心，沒有言語。

有一種錯過，
那樣遺憾，不再尋找。

人生匆匆一旅，
怎能不奮力愛過。

最重要的事

我們時常是那個要給家長壞消息的人。

有時候是腫瘤，
有時候是心臟的問題，
有時候是腎衰竭。
許多重症的診斷，
當下，
就改變了家長與孩子再來的生活步調。

當黃醫師與家長在溝通醫療選項時，
我會靜靜地站在診間的角落，

看著孩子，
看著家長每一個眼神，
藏不住的打擊與擔憂。

門診結束，
我會搬著小椅子，
坐在家長和孩子的面前。

用不是醫生的方式，
聊聊再來孩子可能要面對的困難。

我希望盡力，

並且真切地在每一次的回診中，

陪伴擁抱，

就像一個在候診的家長一樣。

這樣的能量，

我相信對需要醫療的孩子非常重要。

這樣的溫度，

提醒著自己，不忘初心。

診所的電話時常沒人接，

或是訊息沒能馬上回覆，

雖然感到抱歉，

但請相信我當下一定是在做最重要的事。

希望所有孩子四季都平安

在剛開始的那兩年，
我們每個月都透支。
幾個過了十二點的夜晚，
黃醫師會跟我說明天的票還差多少錢，
然後我必須半夜，
厚著臉皮和家人或同學開口。
我記得有一次，只差八千元，
沒有就是沒有。

在那樣的日子裡，
其實反而可以把一個人看得清楚。

診所裝修前的照片，
地上的膠帶，
是我們不知道多少個夜晚，
在想像規畫哪個空間是手術室？哪裡是
住院部？
哪裡是候診區？哪裡是診間？

那年的我們，
失去了兩個很重要的家人，
身心疲憊，
卻負債決定開業。

黃醫師謹守他的原則，
但是都是在外人看不到的地方。

濃度不對的消毒水還是不用，
手術的每一個環節還是堅持最好。
住院部孩子們的食住規格，
都還是一樣高，
不該做的檢查還是不做。

而我才開始真正進入診所的運轉，
要學習的東西太多太多。

怎麼滅菌、怎麼跟手術？
怎麼面對疾病和病程中的陪伴？
怎麼義無反顧地去愛，然後失去。

很多人都覺得這裡不像診所，
感覺很溫馨。
其實原因很簡單，
因為很窮，所以一切都自己妝點，
所以沒有其他診所冰冷的感覺，
沒有其他診所專業的感覺，也沒有現在
新診所設計感很強烈的高級。

也有很多人問過，為什麼取這個名字？
原因有兩個，
一是朋友幫我們準備了幾個名字來選，
決定是四季，
因為它代表的是「從零開始」，
我們不想旺，不想發，不想華麗登場，
我們只想帶著孩子們從零開始。

另一個原因，
是我們希望所有的孩子們，
四季皆平安。

幾年過去了，
我們還是口袋空空，
我們的心千瘡百孔，
但還是平靜廣闊。

一天一天的數算，
直到再也不能張開翅膀，
為孩子們遮風擋雨。

有愛的心是柔軟的，
沒有行動力的愛是死的。
在奮起之前，絕不妥協。

我的守護者，盼盼

我記得那天我好累好累，
心裡的疲倦和無力感幾乎淹沒了我。

其實這樣的時刻太多，
所以我有一個給自己的指令，
叫作回防。
回到最根本最初的地方，
審視自己的心。

放下手邊的一切和盼盼互動。
也是回防的一個動作。

我的診所小風景

小孩？什麼小孩？
我沒有！

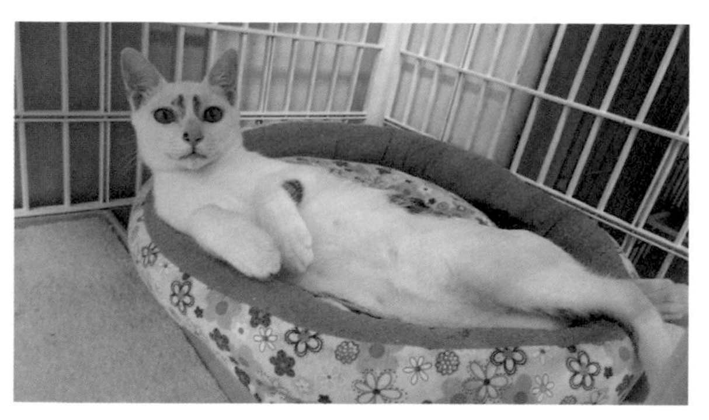

為什麼沒有人愛我？
是因為我的鼻屎嗎？
是因為我的身材嗎？
還是因為我的職業呢？

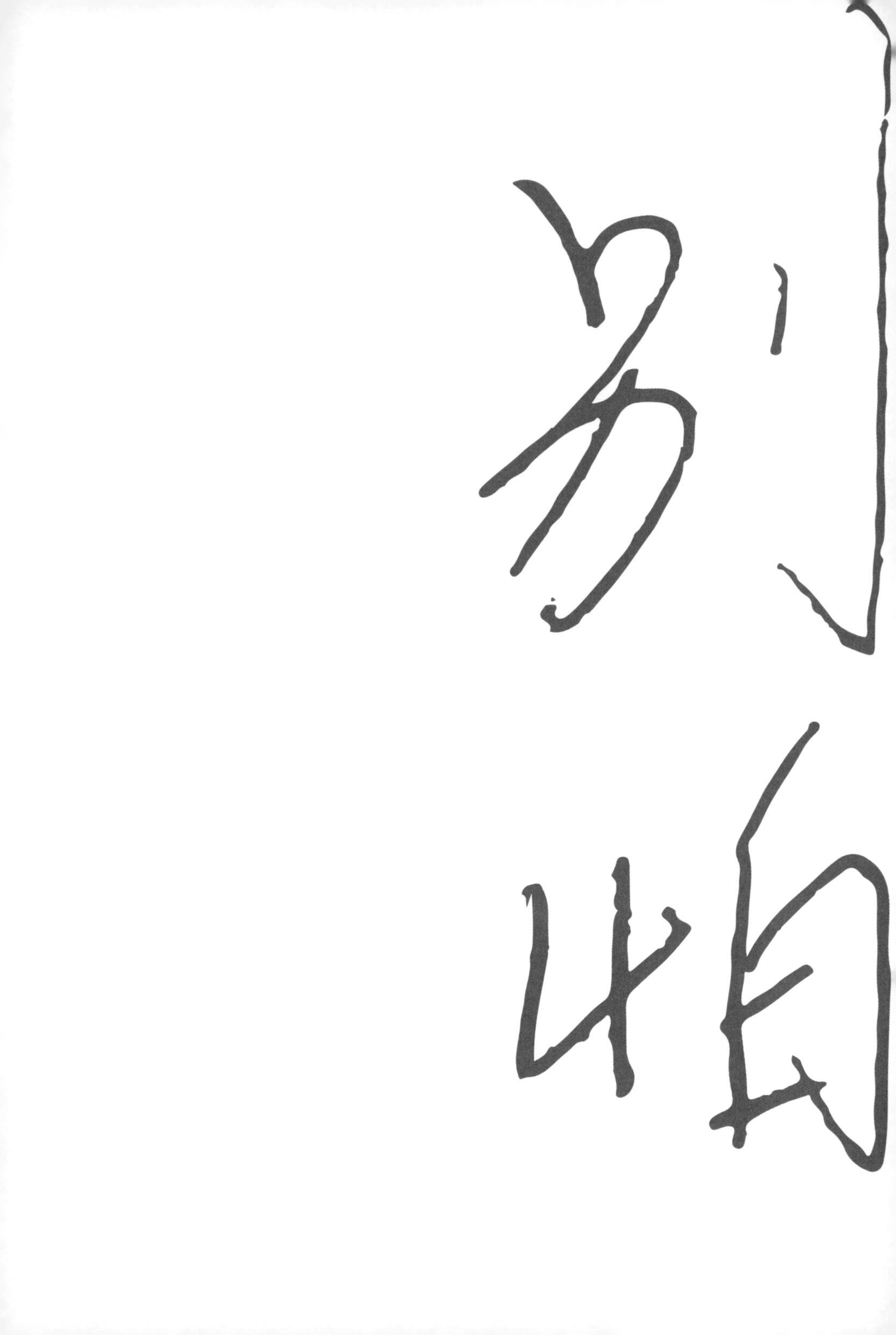
別怕

CHAPTER 6

別怕，我們是來愛你的

只能悲傷一分鐘

我必須學得很快。
從志工到變成醫師娘，
這個過程必須面對的課題，
到現在還是每天都在進行。

除了一般門診或是住院，
還有各種狀況，沒有家長的孩子，
肩上的責任和重量很沉重。

和每個孩子的相遇，
早知道不是生離就是死別。

堅持著送養的路和診所營運必須並行，
貼近我的朋友都清楚，
壓力是一波又一波，
連喘口氣的機會都沒有。
更貼切地說，
連悲傷的機會都沒有。

那天 Tsum Tsum 離開，
安樂園的來接他去火化。
我親吻他的紙箱，送他出診所的門，
然後我又追了出去。

我多不想放手，多不甘願放手，
站在路燈下我看他上了車。
眼淚流下來，
但是我只能有那樣的一分鐘，
然後必須平靜地回到診所，
繼續面對所有的家長和孩子。

這不是我第一次送孩子，
也不是第一次這樣站在路燈下流淚，
也不是第一次必須馬上平靜地回到崗位上，接門診和電話。

因為堅信著，
真心地對待和愛著每個孩子，
孩子才會有信心對抗病痛。

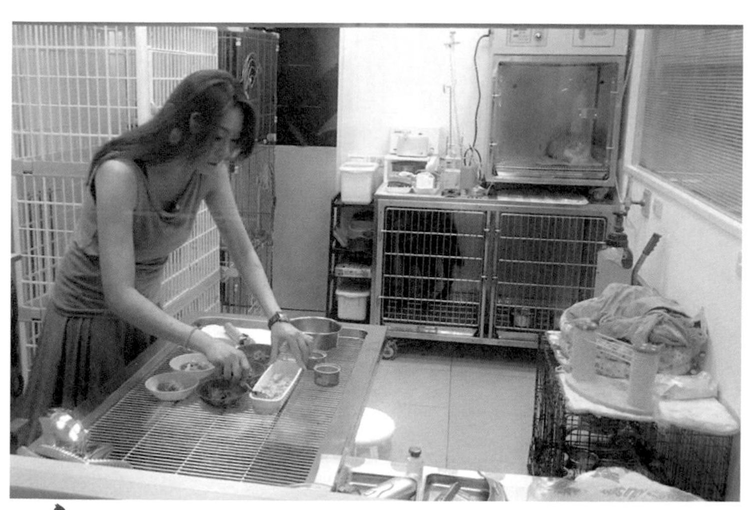

因為堅信著，
毫無保留地去擁抱，
孩子便會用最美好的姿態，
進入送養的新家。
所以我用心地感受孩子們的感受，
這樣才能帶出好孩子。

當然也因為這樣，
反彈回來的力道也是同等強大。
昨晚看著手掌大的滿妹站起來，
看著原本應該要截掉雙腿的羞告跑步，
我思考著上帝要給我的，
到底是什麼樣的路？
要我看被剁頭的小貓，被燒焦的皮肉，
開腸破肚的孩子，這些是正常的嗎？

我必須面對這些，是正常的嗎？
在不完美的世界裡找尋完美，
是信念還是欺騙？

記得有一天，黃醫師打電話給我，
電話的那頭他痛哭失聲。

一個無主的孩子我們照顧了一個多月，
還是不敵傷病地走了，
我們再也沒提起過這件事，
也沒有機會悲傷。
我們都是這樣背著荊棘地去愛，
見證奇蹟也見證萬惡。

一顆心，千瘡百孔。

如果你願意

有一種感情是這樣的。
無論是怎麼開始，或是怎樣結束，
最後它留在心裡的，全是美好。

這樣的感情，
如果你願意，那它極簡單。
如果你不願意，那它便極稀罕。

人類之所以為人，
就是願意，並且能夠，
將這樣的感情詮釋出來。

透過曾經被愛的眼睛，
透過毛孩子的眼睛，
說出不曾被說出的話語，
寫下不曾被寫下的文字。

自由與渴望

小美人魚在她的祕密基地，
唱著那陸地上所有對她陌生的一切。
她渴望著，用雙腳行走、奔跑，
什麼是火，什麼是燃燒？
這一段我從小哭到大。

Elsa 脫掉手套，
一陣風捲走了束縛。
她的雙手開始創造所有一切，
她從小就藏在心中的世界，
誰說冰封不美。

Elsa 的腳往前一踏，往冰雪樓梯上跑去，
她的靈魂和肉體第一次完整地自由。
我哭到鼻涕都噴出來。

丟掉皇冠、丟掉斗篷、解開頭髮，
I am free，她說。

渴望和自由，沒有想像中地容易。
不要忘了去渴望，
不要忘了守護自己的自由。

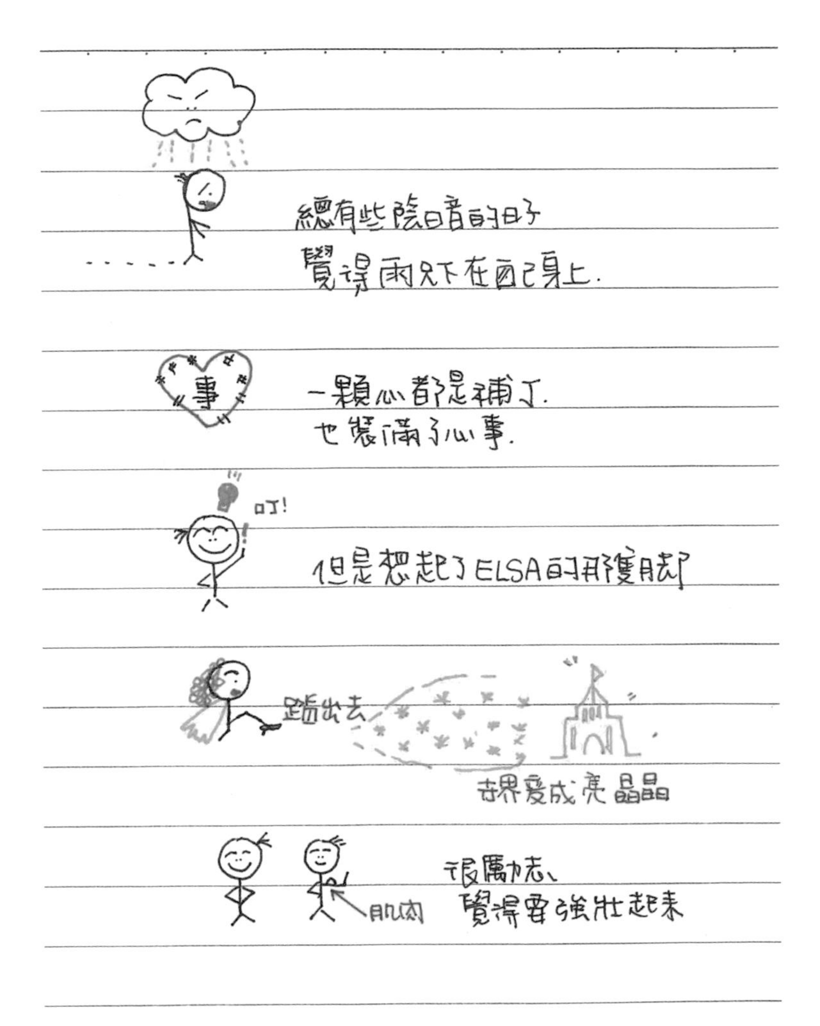
總有些陰暗的日子
覺得雨只下在自己身上.
事
一顆心都是補丁.
也裝滿了心事.
叮!
但是想起了ELSA的那隻腳
踢出去
世界變成亮晶晶
很勵志、
覺得要強壯起來
肌肉

身為萬物之靈的人類

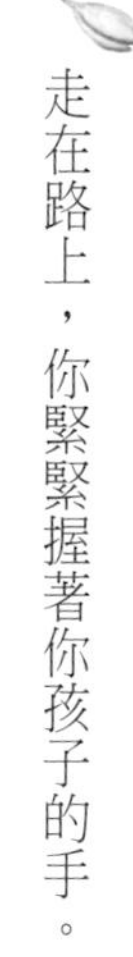

走在路上，你緊緊握著你孩子的手。
風起時，你蹲下扣起孩子外套的釦子。
狗媽媽的心情，
和我們人類的任何一位母親都相同。

但是世界，是不公平的，
他們的情感最真，卻不斷被糟蹋。
我們的都市，是他們的叢林，
當人類選擇殺戮，
其實所有的生物都沒有了機會。

仰頭看看天空，
這個世界，這片土地，
本是所有生靈萬物共有。
人類已經掠奪太多，
虧欠太多。

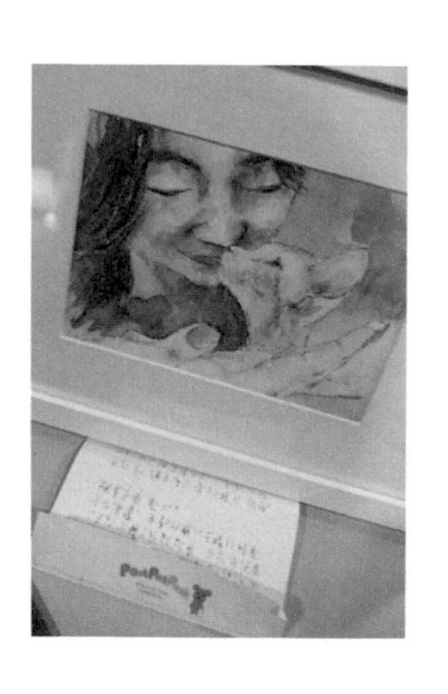

有行動的愛才有溫度

深夜的台北，許多亮晶晶的名車，
載著濃妝辣妹吃宵夜。
走進店裡，聞到各式的香水味。
店外總是站著一個黑黑的男人，
他的滄桑讓我沒有辦法判斷他的年紀。

「裡面坐喔。」
「謝謝喔，再來喔。」很樸實的聲音，
和來往的花枝招展形成很大的對比。

有一次他來幫我開車門，
我注意到他的手指幾乎每一隻都變形，
也許是年輕時的工作，
留下不能改變的痕跡。
也許是因為這樣，
他不能在店裡幫忙上菜？

我問他：「工作這麼晚，一定累了吧？」
他說：「我兒子在念大學，我想栽培他
念高一點。」
看著他難得露出的笑容和亂牙，
我對他點點頭。

之後只要有過去，
我都會偷偷塞一些錢在他手裡。
變形的手指捲曲著，沒有笑容，
但是他總是雙眼直直地看著我的眼睛。
昨天黃醫師一個人下車買飯，
隔著車窗，我看見黃醫師走向他，
碰了一下他的手，
我知道黃醫師做了和我一樣的事。

若是以前，
無論黃醫師心裡有多麼想，
他也絕對不好意思去表達和行動。
某種程度上，他了解了，
有行動的愛才有溫度這件事。

台北的夜晚那樣熱鬧，
甚至有些浮誇。
長廊邊，那個一心想栽培兒子的身影。
願你康健。

相遇，然後好好相愛

我常常和身邊的貓狗說話。
他們也許聽不懂我說的話，
但是我知道他們聽得懂我的語氣。

慢慢地，
他們會瞭解我的叮嚀，
我的嘮叨、我的讚美，
和我許多說不出口的愛。

最近也常告訴自己，離開電腦，
放下手邊我認為「重要」的事，
走到他們身邊，將他們擁在懷裡，
不要等到他們生病了，不舒服了，
才對他們無微不至地關心。

不將他們的陪伴和存在，
視為理所當然。

宇宙讓我們相遇，
那我們就要好好地相愛。

放不下，就拿起來；拿不起，就放下

寫了這句話後，整天收到許多的私訊。
這句話，陪伴我二十幾年，
聽起來似乎很瀟灑，其實不然。
在人生幾個狂風暴雨的時刻，
我只剩這句話能夠幫助我做決定。

拿起來，有時候並不值得，
放下，有時候不只是轉身就走。
而如何分辨放不下或是拿不起，
那就是自己對人生的責任。

這句話不會讓我不犯錯，
可是它會讓我知道放不下，
要付出什麼代價。
可是它會讓我知道拿不起，
才能真正面對自己。
這是一個句點，也是下一句話的開始。
人生的能力起起伏伏，
經濟、心理、身體、家庭，
都是能力的一部分，
當下不能的，不代表以後不能。

只要你還能夠看見他人的需要，
只要你還能夠看見，
那在屋簷一晃而過的貓影，
只要你還願意回頭多走幾步，
買個罐頭，
請擦身而過的流浪貓狗吃一餐，
那你就沒有走遠。
下一句話，
可以準備好了再大聲朗讀。

我也許真的是隻盤旋的鷹

我從小就是一個很難教的孩子，
總是走在邊緣。
所有的親戚長輩都不喜歡我，
大家都覺得我長大之後一定是個災難。
長輩愈是不看好我，
我就愈叛逆，
但是心裡非常自卑。

只有一個人沒有放棄我，
就是我的父親，
他對我的疼愛和嚴厲是一樣多的。

父親和我說：
「妳知道老鷹為什麼飛得比其他鳥更高嗎？不是因為他們天生就高飛，是因為他們總是在盤旋，等待一波又一波的氣流，將他們帶到千百尺的地方，甚至不用擺動翅膀。」

「爸爸希望妳像老鷹一樣盤旋，屬於妳的氣流總會來到。」他說。
我當時並不懂，但是時常想著。
現在的我，

並不在千百尺的高空，
也沒有成為師字輩的社會棟梁，
但是不管再累再迷惘，
我都不停止盤旋。

如果我有孩子，我也會這樣告訴她。

一顆純粹的心

我當然懷疑過，
懷疑自己到底還能承受多少，
支撐著我的，應該是相信，
一顆破碎的心，無法守護孩子。
而一顆心是否純粹，
騙得了人，騙不了孩子。

這是他們最可愛的地方，
善良，誠實。
一切都在沒有語言的小宇宙裡，
所以我的心要像母親的愛一樣寬廣堅強。

每個來到我身邊的孩子，
都有一段無法想像艱苦的過去，
每個來到我身邊的孩子，
都無比勇敢。

我也確定，
每個來到我身邊的孩子，
都活在當下。
然後我的懷疑變得那樣渺小，
因為站在他們的面前，
我見證愛，也見證奇蹟。

因陪伴他們而得到的幸福，
與失去他們的痛苦，
都是如此龐大，無法計量。

每每相遇時我都想，
張開雙臂，我們終於找到了彼此，
盡情地擁抱吧！
每每逝去時我都想，
我真的沒辦法再這樣痛一次。
從第一次相見的擁抱，
到孩子在我的懷裡死去。
這之間有多少走出恐懼和再愛的勇氣，
於我是，
於孩子來說更是。

直到他們的眼睛看著我，
然後一瞬間失去光芒，
吐出最後一口氣。

一次又一次，
我求上帝平靜他們的心，
他們只是孩子，什麼都不懂。

一次又一次，
我的心焦土一片，灰飛煙滅。

孩子，
讓我撫去你的哀傷孤單，
如同你擦去我的眼淚，

讓我們用同樣的高度，
一起記憶一路走來的風景。

生有時，別有時，
只求我們的相遇。

讓你們的遺憾少一些，
讓你們的生命多了一些意義和溫暖，
如同你們溫暖我一般。

給我的父親

那年躺在碧草如茵的草地上，
看著樹葉與天空交錯閃動。

我用四隻手指比成框框的形狀，
假裝像相機那樣拍照。

因為我好想記住，
每一個光影，
每一道微風起。

那年我十八歲。

突然我看見一片小樹葉旋轉飛舞，
然後落下。

撿起來看，發現它不是葉子，
是一棵像豆莢那樣的種子。
形狀像翅膀，我把它往上拋起，
它又用一樣的姿態旋轉落地。

我的朋友告訴我，
這個種子下面重，上面輕薄一片，
落地的時候，必不離根太遠。
我覺得浪漫，收起了一個放在包包裡。

那之後的十年，

我看過加勒比海的湛藍，
行過一邊是軍隊，
一邊是游擊隊的安第斯山。

夕陽下我站在綠洲城市，
靜靜地看著，
野生的長頸鹿家庭從我旁邊走過。

我曾在中央公園的長椅上，
優閒地吃早餐，

在邁阿密坐上快艇，
出航喝香檳看海波夕陽，

也看盡了南美洲和南非貧民區的缺乏及
他們赤腳起舞的快樂，
當然，我也深深地愛過，
然後狠狠地被傷過。

就在我快要迷失自己的時候，
在巴拉圭一個很接近巴西的村莊，
我又遇到了有翅膀的種子。

我不再覺得浪漫，
拿起一個有翅膀的種子往天空拋去，
看著它緩緩旋轉，靜靜落下。

人生，是該如此。

我可以盡情地伸展和渴求，
用自己認為最優雅或最華麗的方式旋轉，
但終究必不離根太遠。

這個根，
可以是一片土地，
可以是一個家庭，
當然也可以是我心的歸屬。

我要將心中這有翅膀會跳舞的種子，
送給我的父親。

這會是我與他永生的約定，
無論仰望或低首，
我們必定離彼此不遠。

婚姻還是婚禮

記得和黃醫師婚禮的前一晚，
在確認婚禮所有細節都OK後，我送他到家門口。他轉過身來突然眼眶裡都是淚水。
我嚇了一跳問他：「怎麼了？」
他回答說：「我好怕妳明天不會來喔……」

我們的婚禮，沒有宴客不收禮金，
沒有禮車也沒有蜜月安排，
沒看日子也不合八字，不結彩不換裝。

選了一個大家都方便的星期六，
我和黃醫師則是時間約好就教堂見，
沒有迎娶當然也不放炮。

我爸送了黃醫師一套西裝，
我的白紗則是在網路上租來的。

原本連婚紗照都沒打算拍，
是一個摯友怕我沒留下紀念，
拉著我們去拍了一個叫作「一日新娘體驗」的免錢婚紗照。

兩個人因為沒有很多的琢磨，也沒有很多的期待，嘻嘻哈哈地拍了照片。

教堂婚禮簡單神聖，
我們深愛的人都沒有缺席。
婚禮結束後，我跳上黃醫師髒兮兮的車子，踢掉高跟鞋，正式踏入婚姻裡。

三年了，
有些人到現在還會問我，
當時婚禮辦得那麼簡單，
會不會感到遺憾？
「不會，一點也不。」
而且我更感覺當時的決定都是對的，
因為我要的是婚姻，不是婚禮。

我們沒有因為籌備婚禮而東奔西跑，
也沒有因為婚禮而產生太大的經濟壓力。
與其將錢花在昂貴的婚紗，
或是捧不走的花，
我們將家裡布置得比較舒適。
沒有因為算來客人數算得焦頭爛額，
只要你真心地祝福我們，
都歡迎來觀禮。

夫妻是否和睦，不是八字合出來的，
若是時辰算得好就會幸福，
那幸福也太容易了吧！

夫妻是否同心快樂，
和婚禮的盛大並無關連，

更和那幅不知道要掛哪裡才好的超大結
婚照無關。

重的東西，我們搶著幫對方拿，
自己喜歡的寶物，總是拿出來送給對方。
聽到貓叫就一起趴在地上，
我身體不舒服的時候，
黃醫師會握著我的手偷哭。

現在的我，
比三年前拍下這張照片時更幸福。
婚禮是一天，婚姻是一輩子，
我怎麼可能遺憾？

我打扮，同時也很打拚

昨天有個同學問我，
這麼忙這麼累，
怎麼還有時間打扮自己？

在有限的時間和預算裡，
我承認並不容易。
除了盡量得體，
必須堅持的有幾件事。

我一定戴手錶，
而且每天都會跟著衣著替換。

這是父親教我的，
手錶是一種態度和提醒。

有幾種人會對時間無法掌控，
因而令人無法信任。
比如說在牌桌上的人，
或是做事沒有預設步調的人。

對時間是否有觀念，
不如說是對別人和對自己的尊重。

我每天一定換包包。
更衣處有一個籃子，
回家便把包包裡的物品放進去。
隔天出門搭配衣服換包包，
其實如果我不說，根本也沒有人會發現。
但是你會發覺，
身上帶的東西其實可以很精簡，

井然有序是優雅的第一步。
當然在得體打扮的背後，
一定要付出相當的用心。
在竹圍就有個說法，「那個四季的老闆娘，每天都穿得漂漂亮亮進來算錢。」
但是我不會如她們期待的，
似乎要蓬頭垢面，
才像是個為生活而努力的人。

愛的手繪

CHAPTER 7

帕子媽愛的手繪

【獨家快訊】新北市敞篷車意外事故！

昨晚新北市發生一起敞篷車擦撞乖乖玉米棒的車禍意外。

據目擊民眾表示，
玉米棒當時站在原地，
完全沒有看到駕駛敞篷車的阿皮往他撞過來，反應不及就連桶帶棒地飛倒在地。

肇事的駕駛阿皮，
一付事不關己的模樣，
引起路人的不滿圍觀。

家長到場後表示，
阿皮還未成年並無駕照，
超跑敞篷其實是哥哥的車子。

車禍現場一片狼籍，
除了倒地不起的玉米棒，
車子的內裝也散落滿地，
連方向盤都不翼而飛，
只剩一顆肉粽卡在駕駛座的位置。

現場並無煞車的痕跡，
可見當時車速極快，

旁邊還有一灘嘔吐的痕跡，

對於阿皮是否腦震盪，家長不願回應。

記者媽媽，新北市報導

（妳通靈嗎？）

診所的電腦

（那個母貓那個小狗）

叮叮叮

手機的訊息

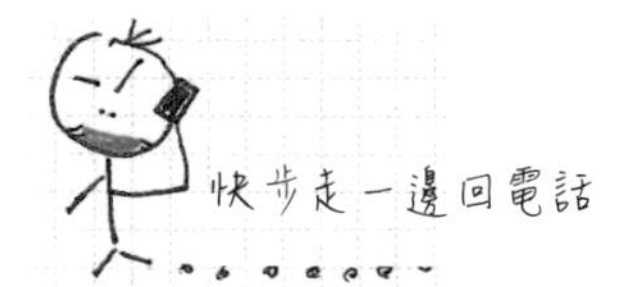

快步走一邊回電話

（妳看一下他大便的顏色ㄜ）（啊你有沒有認識OOXX）

（啊那個要怎樣灌）

來不及進到櫃檯接電話，都拉很長

（我們家貓厚，這樣那樣……）

回不完的訊息

回家用筆電

（請問關於白玫瑰…請問我在馬來西亞…請問X100）

什麼事都問帕子媽，

那帕子媽有事的時候要問誰呢？

（嗨！HELLO！HELLO！）

（吐出這樣的東西正常嗎？）

認養代替購買

帕子媽的內心世界

← 永遠都是一身黑
看起來很兇

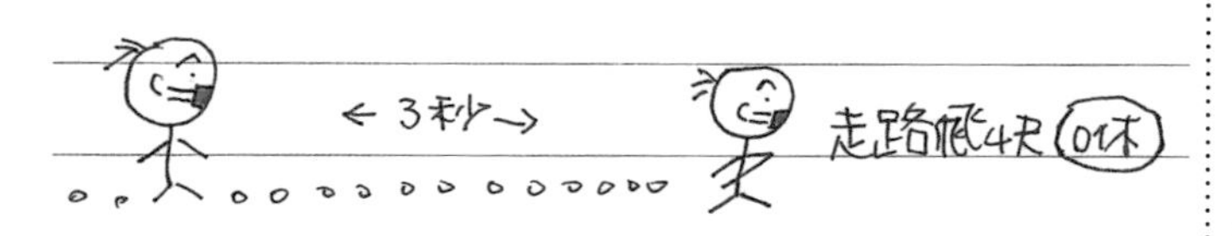

走路飛快 咻

在廁所照鏡子. 看到自己的耳朵

耳朵放大圖

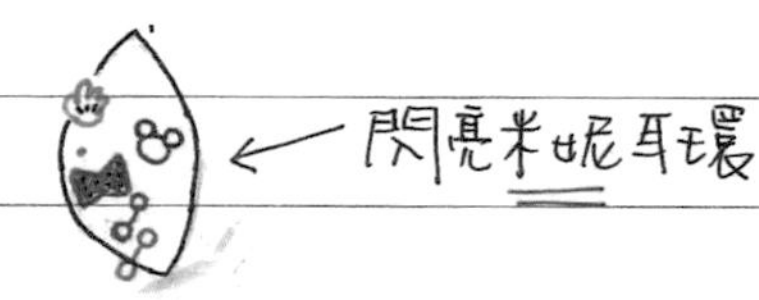

心內示意圖

雙手揮動
單腳往後抬起

黃醫師生氣的時候

一張臉臭得像大便

但心裡真的想
過來我要ㄑ一ㄚ死你

我們的鳥助理

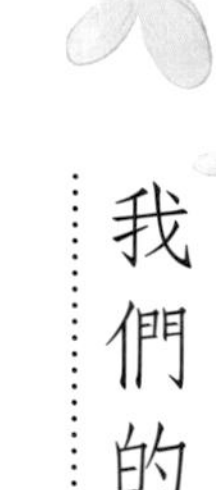

鳥助理就算孩子身上都是屎尿，
或是體重跟自己差不多，
都是一把抱起。
她的抽屜裡，
放著去年過世 Coockie 的一顆牙齒。

松鼠助理總是自己弄得一身傷，
孩子們絕對毫髮無傷。
黃醫師要栽培松鼠，
松鼠卻學起帕子媽接了中途小貓咪。

東西照樣破，
電話還是會沒人接，
但是請相信，
他們正在做更重要的事。

鳥鳥妳給我過來講，
我的電腦怎麼死的！

鳥鳥來上班

鳥鳥帶著快樂的心來上班

到了診所覺得怪怪der

心帶來了

可是頭腦忘記帶來

吱吱

鳥鳥上班時

黃醫師要助理鳥鳥去診間拿五樣東西過來手術室

鳥鳥只拿了一樣東西過來，黃醫師大驚

第二次居然還是只拿了一樣，黃醫師大大驚驚

中秋節到了！今年火烤鳥鳥吧！

鳥鳥午休時

帕子媽，你知道鳥鳥怎麼午休嗎？

不是趴在櫃檯睡嗎？

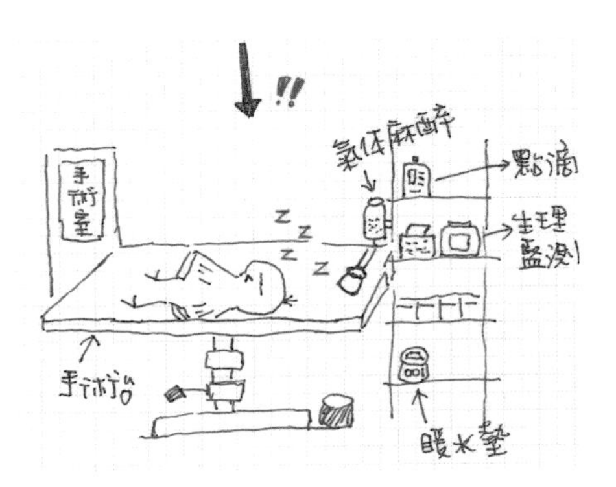

啾！睡前睡後都有消毒，

可以的！啾！

鳥鳥的神奇力量

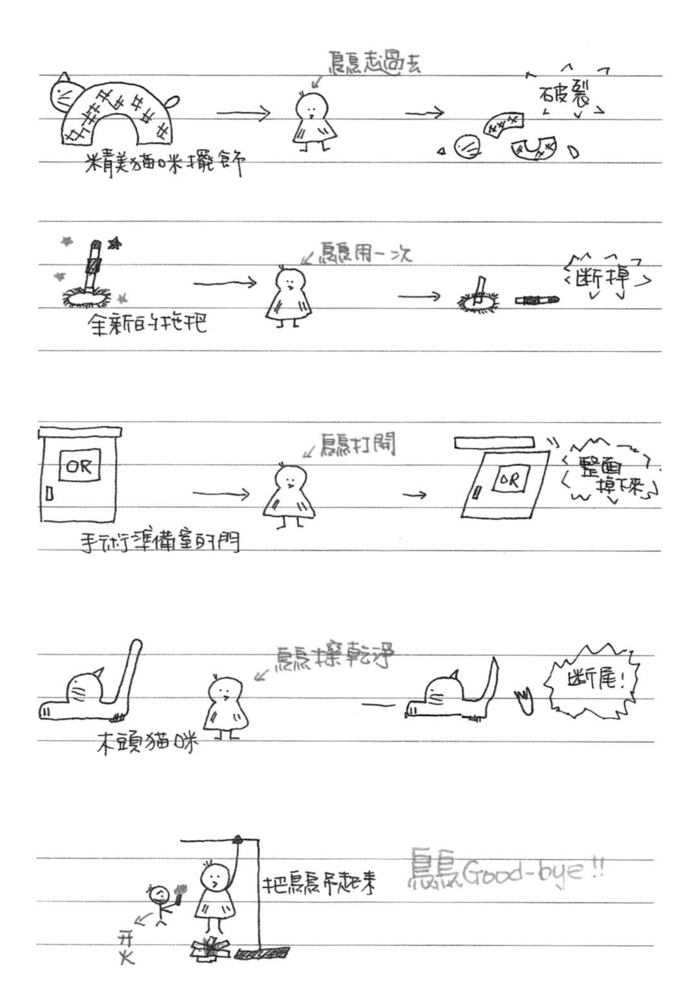
鳥鳥走過去
破裂
精美貓咪擺飾
鳥鳥用一次
斷掉
全新的拖把
鳥鳥打開
OR
整個掉下來
手術準備室的門
鳥鳥擦乾淨
斷尾!
木頭貓咪
把鳥鳥吊起來
鳥鳥Good-bye!!
开火

KERKERLAND

1.

2.

3.

4.

1.貓咪抱枕-1280/個
2.明信片-給親愛的-40元/張
3.明信片-Hmmm...-40元/張
4.自然農法-白茶茶包-25元/包

KerKerland線上購物商店
www.pinkoi.com/store/kerkerland

於Pinkoi購物，並於結帳時輸入優惠碼 LoveKerKerland，即可享有全館商品95折優惠哦！

台中市西區模範街40巷12號　Instagram：chrissyku71　Facebook粉絲頁：KerKerlan

作　　者　帕子媽
插　　畫　蔡曉琮(熊子)
編　　輯　徐詩淵
美術設計　劉旻旻
校　　對　徐詩淵、鄭婷尹

發 行 人　程顯灝
總 編 輯　呂增娣
主　　編　翁瑞祐
編　　輯　鄭婷尹、吳嘉芬、林憶欣
美術主編　劉錦堂
美　　編　曹文甄
行銷總監　呂增慧
資深行銷　謝儀方
行銷企劃　李　昀

發 行 部　侯莉莉
財 務 部　許麗娟、陳美齡
印　　務　許丁財
出 版 者　四塊玉文創有限公司

總 代 理　三友圖書有限公司
地　　址　106 台北市安和路 2 段 213 號 4 樓
電　　話　(02) 2377-4155
傳　　真　(02) 2377-4355
E - mail　service@sanyau.com.tw
郵政劃撥　05844889 三友圖書有限公司

總 經 銷　大和書報圖書股份有限公司
地　　址　新北市新莊區五工五路 2 號
電　　話　(02) 8990-2588
傳　　真　(02) 2299-7900

製版印刷　卡樂彩色製版印刷有限公司

初　　版　2017 年 11 月
定　　價　新台幣 320 元
I S B N　978-986-95505-4-3（平裝）

三友圖書
友直 友諒 友多聞

國家圖書館出版品預行編目 (CIP) 資料

世界因你而美好：帕子媽寫給毛孩子的小情書 / 帕子媽作 .-- 初版 .-- 臺北市：四塊玉文創，2017.11
面；　公分
ISBN 978-986-95505-4-3(平裝)

855　　106019047

廣　告　回　函
台北郵局登記證
台北廣字第2780號

地址：　　縣/市　　鄉/鎮/市/區　　路/街

段　　巷　　弄　　號　　樓

三友圖書有限公司 收

SANYAU PUBLISHING CO., LTD.

106　台北市安和路2段213號4樓

本回函影印無效

購買《世界因你而美好：帕子媽寫給毛孩子的小情書》的讀者有福啦，只要詳細填寫背面問券，並寄回三友圖書，即有機會獲得「台灣維克法蘭斯股份有限公司」獨家贊助好禮

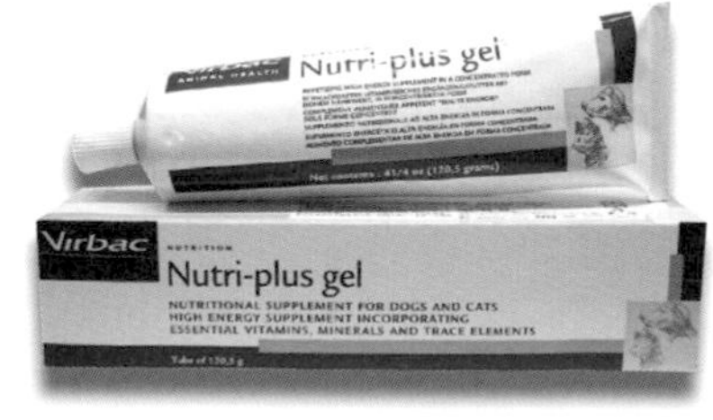

維克克補軟膏（市價450元）

活動期限至 2018 年 1 月 8 日 詳情請見回函內容

四塊玉文創╳橘子文化╳食為天文創╳旗林文化
https://www.facebook.com/comehomelife
http://www.ju-zi.com.tw

【黏貼處】對折後寄回，謝謝。

親愛的讀者：

感謝您購買《世界因你而美好：帕子媽寫給毛孩子的小情書》一書，為回饋您對本書的支持與愛護，只要填妥本回函，並於 2018 年 1 月 8 日前寄回本社（以郵戳為憑），即有機會參加抽獎活動，得到「維克克補軟膏」（共三名）。

姓名 ________________ 出生年月日 ____________________________

電話 ________________ E-mail ______________________________

通訊地址 ____

臉書帳號 ______________________

部落格名稱 ____________________

1 年齡

☐ 18 歲以下 ☐ 19 歲～ 25 歲 ☐ 26 歲～ 35 歲 ☐ 36 歲～ 45 歲 ☐ 46 歲～ 55 歲
☐ 56 歲～ 65 歲 ☐ 66 歲～ 75 歲 ☐ 76 歲～ 85 歲 ☐ 86 歲以上

2 職業

☐軍公教 ☐工 ☐商 ☐自由業 ☐服務業 ☐農林漁牧業 ☐家管 ☐學生
☐其他 ______________

3 您從何處購得本書？

☐網路書店 ☐博客來 ☐金石堂 ☐讀冊 ☐誠品 ☐其他 ______________
☐實體書店 ______________

4 您從何處得知本書？

☐網路書店 ☐博客來 ☐金石堂 ☐讀冊 ☐誠品 ☐其他 ______________
☐實體書店 ______________ ☐ FB(三友圖書－微胖男女編輯社)
☐好好刊 (雙月刊) ☐朋友推薦 ☐廣播媒體 ______________

5 您購買本書的因素有哪些？（可複選）

☐作者 ☐內容 ☐圖片 ☐版面編排 ☐其他 ______________

6 您覺得本書的封面設計如何？

☐非常滿意 ☐滿意 ☐普通 ☐很差 ☐其他 ______________

7 非常感謝您購買此書，您還對哪些主題有興趣？（可複選）

☐中西食譜 ☐點心烘焙 ☐飲品類 ☐旅遊 ☐養生保健 ☐瘦身美妝 ☐手作 ☐寵物
☐商業理財 ☐心靈療癒 ☐小說 ☐其他 ______________________________

8 您每個月的購書預算為多少金額？

☐ 1,000 元以下 ☐ 1,001 ～ 2,000 元 ☐ 2,001 ～ 3,000 元 ☐ 3,001 ～ 4,000 元
☐ 4,001 ～ 5,000 元 ☐ 5,001 元以上

9 若出版的書籍搭配贈品活動，您比較喜歡哪一類型的贈品？（可選 2 種）

☐食品調味類 ☐鍋具類 ☐家電用品類 ☐書籍類 ☐生活用品類 ☐ DIY 手作類
☐交通票券類 ☐展演活動票券類 ☐其他 ______________

10 您認為本書尚需改進之處？以及對我們的意見？

____

感謝您的填寫，
您寶貴的建議是我們進步的動力！

本回函得獎名單公布相關資訊
得獎名單抽出日期：2018 年 2 月 2 日
得獎名單公布於：
臉書「三友圖書－微胖男女編輯社」：https://www.facebook.com/comehomelife/
痞客邦「三友圖書－微胖男女編輯社」：http://sanyau888.pixnet.net/blog

【黏貼處】對折後寄回，謝謝。

請來到我的歌聲裡，
讓我為你輕唱苦難和欣喜。